U0923280

叙事诗一

普希金文集

6

上海译文出版社

ПОЛНОЕ СОБРАНИЕ СОЧИНЕНИЙ VI

冯 春——译

《鲁斯兰和柳德米拉》 T. A. 马芙琳娜 绘 1957—1959 年

《巴赫奇萨拉伊泪泉》 A. П. 莫齐列夫斯基 绘　1937 年

目 次

鲁斯兰和柳德米拉

叙事诗

1817—1820

献　词

我心灵的女皇，我的美人儿，
在金子般珍贵的闲暇时刻，
那爱讲故事的时光老人，
娓娓地把故事轻声叙说，
我提起这只忠实的右手，
为您把古代的童话写作；
请收下我这嬉戏的诗行！
我不企求任何人的奖励，
甜蜜的期望已使我陶醉：
少女会带着爱情的战栗，
也许是悄悄地来读一读
我这一篇篇罪恶的歌曲。

海湾旁有一棵青翠的橡树，
树上系着金链灿烂夺目：
一只猫可说训练有素，
日夜在金链上绕着踱步；
它向右边走——便把歌儿唱，
它向左边走——便把神话讲。

那里真希奇：林妖在散步，
美人鱼儿安坐在树上；
一些怪兽的足迹，在那里
落满人所不知的小径上；
那里的草屋生着鸡脚，
没窗没门一片静悄悄；
幽灵在森林和山谷里逍遥；
每天东方的朝霞映天边，
波浪便涌上空旷的沙滩，
三十个英俊威武的勇士，
挨个儿冒出清澈的水面，

《鲁斯兰和柳德米拉》 И. Н. 克拉姆斯科依 绘　1879 年

那海里的大叔也走出波澜；
那里有个勇敢的王子，
顺手擒来了威严的皇帝；
那里巫师带着个勇士，
越过了森林，越过了海洋，
光天化日下在云海里奔驰；
一个公主在牢房里悲伤，
一头黄狼忠诚地把她服侍；
那里有个奇怪的石臼，
跟着老妖婆雅加漫游；
卡舍伊皇帝为金子而憔悴；
俄国的灵魂……俄国的风味！
我到过那里，在那里喝过蜜；
我见过海边青翠的橡树；
我在树下休息，那训练过的猫
走过来把童话对我叙说。
我还记得其中一个故事，
这会儿就说给大家乐乐……

第一歌

这事发生在很久以前，
远古以来就代代相传。

弗拉基米尔太阳[①]大摆筵席，
在高大的客厅请朋友宴饮，
出席的有强壮的儿子一大群；
他把最小的女儿许配给
公爵，那位勇敢的鲁斯兰，
他把大杯蜜酒一饮而尽，
祝福新婚夫妇身体康健。
我们的祖先吃得不紧不慢，
舀酒的勺子从容往下传，
啤酒和葡萄酒冒着泡沫，
席上觥筹交错，银杯闪闪。
美酒把快乐注入心田，
泡沫在杯口上嗞嗞作响，

① 俄罗斯民间壮士歌称基辅大公弗拉基米尔为“太阳”。

司酒官郑重捧来琼浆玉液，
恭请贵宾们喝个欢畅。

　说话声和喧闹声响成一片，
快活的客人说地谈天；
突然响起悦耳的歌声，
铮铮的古斯里琴扣人心弦；
大家静下来听鲍扬[①]歌唱：
快乐的歌手高声颂赞
佳人柳德米拉和鲁斯兰，
还有列利[②]为他们编的花冠。

　但是热烈钟情的鲁斯兰，
为炽烈的情感而浑身疲软，
他不吃也不喝，瞧着心上人，
生气、焦躁，还长吁短叹，
狠命揪胡子，心里像火烧，
计算着一分一秒的时间。
三个年轻的勇士端坐在
热闹的喜庆筵席的一端，
个个脸色阴沉、郁郁寡欢；
默默无言对着空勺子，
把酒杯随意放在一旁，

---

① 传说中的古罗斯歌手，见《伊戈尔远征记》。
② 古代斯拉夫民族的爱情与婚姻之神。

珍馐佳肴他们并不喜爱，
也不听先知鲍扬的歌唱。
他们低垂着愠怒的眼睛：
都想和鲁斯兰争夺美人，
他们年轻的心灵里深藏着
落空的爱情和恶毒的仇恨。
一个叫罗格达伊，是剽悍的武士，
曾用他的宝剑开拓过
基辅公国富饶的疆域；
另一个叫法尔拉夫，骄傲自负，
饶舌的本领，席间无敌，
打起仗来却是无用的懦夫；
最后一个，年轻的可萨汗王，
叫拉特米尔，惯会胡思乱想。
三人愁云满面，苍白委顿，
宴会可不是他们取乐的地方。

婚宴终于散席，宾客纷纷起立，
大家三五成群，乱成一气，
都把眼睛盯着新婚夫妻：
新娘子低低地垂下眸子，
心情好像有点儿忧郁，
新郎容光焕发，高兴无比。
但野外已是夜色深沉，
万籁俱寂，时间已近三更；
贵族们喝足酒睡意蒙眬，

一起深深鞠躬，告别起程。
新郎兴高采烈，喜气洋洋，
想象中他已在百般抚爱
这位羞答答的美丽姑娘；
大公虽然感动，却暗自悲伤，
他走到年轻夫妇的跟前，
祝愿小两口幸福美满。

　于是那位妙龄的新娘
给带上了洞房里的合欢床；
熄灭了华灯……月下老人
为他们把一盏小灯点亮。
年轻人实现了美好的夙愿，
爱情正把甜蜜的果实奉献。
那一件件令人艳羡的衣裳
落到了皇城出产的地毯上……
你可听见情意绵绵的细语，
你可听见甜蜜的亲吻一声声，
和断续的最后羞怯的娇嗔？……
那新郎早已喜不自胜；
现在美景良辰已经来临……
突然夜雾中电闪雷鸣，
顿时小灯熄灭，烟雾飞扬，
昏天黑地，山摇地也动，
鲁斯兰心中好不惊慌……
一切复归平静。在可怕的沉寂中

两次响起了古怪的声音，
一个比夜还黑的魔影
从烟雾中扶摇直上天心……
新房恢复了空落与寂静；
新郎爬起来还胆战心惊，
脸上滚下了滴滴冷汗，
他浑身哆嗦，伸出冰凉的手
在死寂的黑暗中寻找爱人……
噢，苦啊，心爱的人已不见踪影，
他摸摸身边，新房里空落落；
黑暗里不见了柳德米拉，
劫走她的不知是何方妖魔。

　啊，要是一个人为爱情而苦恼，
在无望的恋情中饱受煎熬，
我的朋友，即使他郁郁寡欢，
过日子也不过是感到无聊。
但是在久久等待以后，
你终能把心爱的少女拥抱，
亲近那巴望、流泪和思念的对象，
而突然出乎你的意料，
永远失去了新婚的娇妻，
噢，朋友，那我还不如死掉！

　然而不幸的鲁斯兰还活着。
但是大公却说了些什么？

被可怕的消息吓得魂飞魄散，
他对这女婿大为恼火，
他召来鲁斯兰和众宫廷侍从：
“柳德米拉在哪里，在哪里？”他问道，
他满面通红，前额似火烧。
鲁斯兰没听见。“孩子们，朋友们！
你们的功劳我牢记在心间：
噢，可怜可怜我这老年人！
告诉我吧，谁愿意骑上骏马，
遍天下去寻找我的女儿？
他的功绩绝对不会白费，
我要把女儿嫁给他为妻，
还要赐给他半个王国。
不中用的家伙，难受吧，痛哭吧！
你竟然保护不了自己的妻子！
孩子们，朋友们，谁愿意前去？……”
“我！”悲伤的新郎立即回答，
“我，我！”罗格达伊、法尔拉夫、
心花怒放的拉特米尔应声而出：
“现在我们立刻去备马，
我们愿跑遍海角天涯。
决不迁延时日，我们的爹，
别担心：为公主我们这就上马。”
老头儿满腹忧愁，悲痛欲绝，
含着眼泪，向他们伸出手去，
默默地表示衷心的谢意。

四个人一起动身出了门，
鲁斯兰心中悲痛难忍，
想起了刚刚失去的新娘，
他心如刀割，恰如掉了魂。
他们骑上烈性的骏马，
沿着第聂伯河富饶的两岸，
在滚滚的烟尘中纵马飞奔，
转眼之间就消失在天边。
四个骑士影儿都不见……
大公依然站在旷野上，
还是久久地望着前面，
心儿跟着飞到了远方。

鲁斯兰默默地忍受着痛苦，
失去了理智，失去了记忆。
法尔拉夫傲慢地望着前方，
威风凛凛跟在鲁斯兰后边，
他双手叉腰，样子好不神气。
他说："我的朋友，我好不容易
才得到机会一显身手！
嗯，很快就要遇上巨人吧？
那时总有人要鲜血直流，
为狂热的爱情把小命儿丢！
你高兴吧，我忠实的宝剑啊！
你高兴吧，我暴烈的骏马！"

可萨汗王已经想入非非，
幻想中他已把柳德米拉拥抱，
差点儿就在马鞍上把舞跳；
他身上年轻人的热血在沸腾，
眼里冒着希望的火星：
他一会儿尽情地纵马奔驰，
一会儿把暴烈的骏马逗弄，
让它转圈儿，叫它直立，
或者催着它再奔上山顶。

罗格达伊愁眉苦脸，一声不吭……
前途茫茫使他心惊胆战，
徒然的妒忌使他郁郁寡欢。
在骑士中就算他的心事重，
他总是把那可怕的一瞥
阴森森地投向我们的公爵。

四个竞争者同走一条路，
整天在一起，风尘仆仆。
第聂伯河平缓的岸上天色渐暗，
夜影从东方慢慢地爬出。
深深的第聂伯河弥漫着雾气，
该让他们的马儿停停步，
这时山下宽阔的路上，
又出现一条交叉的大路。
“我们该分手啦！”他们都说，

“让我们相信未知的命运。”
于是主人们都放开马缰，
让马儿自个儿寻路前进。

　单枪匹马在寂静的旷野上，
你可怎么办，不幸的鲁斯兰？
我想，你一定在梦中看见了
柳德米拉和可怕的新婚那一天。
你把铜盔往眉梢上低扣，
从有力的手中放松了缰绳，
一步一步在旷野中前进，
慢慢地在你悲哀的心头，
希望在破灭，信心在消泯。

　突然，勇士面前出现一个山洞，
微弱的火光在里面闪动。
他径直走进这沉睡的洞穴——
它和天地同一天诞生。
他颓丧地走进去：看见了什么？
洞里有个老丈，他神色安宁，
目光平静，长着雪白的胡子；
面前燃点着一盏小灯；
他坐着，面对着一本古书，
只见他读得那么专心。
“欢迎你光临，我的孩子！”
他对鲁斯兰含笑致意，

《鲁斯兰和柳德米拉》 O. -Φ. 伊格纳茨乌斯 绘 1823 年

“二十年来我独自深居此地，
在旧生活的黑暗中逐渐衰颓；
终于，我等到了这一天——
在很久以前，我已经预见。
命运使我们在这里相遇，
请坐下，听我老头一言。
鲁斯兰，你失去了柳德米拉，
你坚定的意志正失去力量；
但灾难刹那间就会过去，
你遭到的只是暂时的祸殃。
充满希望，对前程保持乐观，
抖擞精神，奔赴艰险的前方，
前进！打开北方的道路，
用你的宝剑和勇敢的胸膛！

“告诉你，鲁斯兰：侮辱你的人
是凶恶的巫师黑海魔王，
他是劫掠美女的老手，
扎寨的高山就在北方。
直到现在还没有任何人
见过他所栖身的贼窝；
但你会戳穿他险恶的阴谋，
你大胆闯进他的驻地，
这恶棍定会死在你的手里。
用不着对你多说什么：
你将来的命运是凶是吉，

我的孩子啊，就看你的毅力。”

勇士立即俯伏在他脚下，
高兴得连连吻着他的手。
他眼前的世界豁然开朗，
心中早已忘记了忧愁。
他高兴起来，可是忽然
兴奋的脸上又布满愁云……
“你为什么发愁，我全明白；
要驱走愁云无须费心，”
老丈说，“那白发巫师的妄念
是你感到担心的原因；
放心吧，告诉你：他白费心机，
他伤害不了妙龄的佳人。
他能从天上摘下星星，
他一声呼啸能叫月亮震惊，
但要违反时间的规律，
那巫师的法术可是不行。
他是个嫉妒而胆小的门神，
看守着城堡冷酷的大门，
他生性虚弱，外强中干，
只会折磨掳来的美人。
他默默地在她周围踱步，
诅咒着自己不佳的命运……
善良的勇士啊，这一天会过去，
你所需要的是静气平心。”

鲁斯兰躺在柔软的青苔上，
身边闪动着微弱的灯光，
他想好好地睡上一觉，
却辗转反侧，长吁短叹……
没办法！勇士终于开口说：
“怎么也睡不着，我的老丈！
我心里有病你说怎么办？
活着白受罪，觉也睡不香。
请用你那神圣的话语
使我的心得以豁然开朗。
请允许我提个无礼的问题。
你是谁？请公开这个秘密，
天赐的命运的神秘知友，
是谁把你带到这荒凉的山地？”

老丈叹了一口气，苦笑着
回答这问题：“我可爱的孩子，
我已忘了那遥远祖国的
穷地方。我原是芬兰人氏，
住在一个幽深的山地，
放牧周围村落的羊群。
在欢乐的少年时代，我只
知道一片葱郁的树林、
淙淙的溪流、崖上的洞穴，
和一些粗野简单的游戏。
可是这快乐宁静的生活，

却没让我过上多少时日。

“那时在我们村子附近，
住着一个姑娘叫纳伊娜，
在小姐妹当中就数她最漂亮，
她就像一朵幽谷里的鲜花。
一天，那是个晴朗的早晨，
我赶着羊群，吹着风笛，
来到一片茫茫的草原；
我面前潺潺地流过一条小溪。
有个妙龄的美女独自
坐在河岸上把花环编织。
命运的作弄使我遇上了她……
啊，勇士，她就是纳伊娜！
我向她走去，大胆的一瞥
使我燃起了命定的爱火，
我的心灵尝到了爱的滋味，
我尝到它那天堂般的欢愉，
也受到那情思绵绵的折磨。

“光阴如箭，转眼过了半载，
我颤栗着把心事向她表白，
我对她说：‘我爱你，纳伊娜。’
纳伊娜现出傲慢的神态，
听着我难以启口的恳求，
只顾欣赏自己艳丽的丰姿，

最后才无动于衷地回答，
对我说：‘牧羊人，我不爱你！’

“于是我变得越发粗鲁、忧郁，
牧羊人那些欢乐的游戏、
自己的帐篷、凉爽的树荫，
都不能给我一点安慰。
在苦闷中心儿在枯槁凋萎，
我终于想出一个主意，
远远地离开芬兰的土地；
漂过变幻莫测的大海，
和一群志同道合的兄弟，
用我战斗的荣誉去博取
纳伊娜难以高攀的情意。
我召来一群勇敢的渔民，
去寻求惊险的生活和黄金。
祖辈居住的宁静的土地，
第一次听见了厮杀的声音
和前去作战的舟楫的响声。
我和一群无畏的同乡，
满怀着希望，漂泊到远方；
十年来我们用敌人的鲜血
染红了一片片雪地和波浪。
传说不胫而走：异国皇帝
被我的勇猛吓得发抖；
他们那骄横无忌的卫兵

在北方的宝剑前纷纷逃走。
我们多快乐，打得多威风，
大家分享着贡品和馈赠，
摆开筵席，友好地欢宴
我们手下的那些败兵。
但心儿总把纳伊娜怀恋，
即使是处身战斗和盛筵，
我还是为她暗暗地悲伤，
心儿早已飞向芬兰的海边。
我说，朋友们，我们该回家啦！
把我们这些不用的铠甲
挂到老家的屋檐底下。
说完，我们一起划着桨，
把恐惧全都丢在脑后边，
我们满怀豪情与欢乐，
飞驶到亲爱祖国的海湾。

“多年的梦想已经实现，
火热的心愿亦已得偿！
想象中甜蜜会见的一刻，
你终于在我的面前闪现！
我来到那骄傲的美女面前，
把我那血迹斑斑的宝剑、
珊瑚、金子和珍珠奉献；
我像个俘虏，谦恭顺从，
站在她面前，热情冲动，

她那群女友，个个羡慕，
默默地把我围在当中，
但那少女却离我而去，
那神态真是冷若冰霜，
她对我说：‘英雄，我不爱你！’

“往事不堪回首，我的孩子，
说这些还有什么意义？
啊，现在，我已经死了心，
孤苦伶仃，踏进坟墓的门里，
但我还记得那悲伤的往事，
有时，我一想到悲哀的往昔，
大滴大滴的泪水便潸然
滚下我这雪白的胡须。

“但你听我说，在我的家乡，
在一些荒野的渔人中间，
却有奇妙的法术在流传。
在常年静谧的庇护之下，
在浓密的树林、遥远的荒村中，
一群巫师披着苍苍的白发；
他们所有的心计和思想
却倾注于一些奥秘的事情；
已往的一切和将重现的事物
都听从他们可怕的声音，
无论是死亡还是恋爱，

也由他们可怕的意志决定。

“于是我这渴求爱情的人
在满腹忧愁中下了决心，
想用法术去感动纳伊娜，
用魔法在冷若冰霜的姑娘
那孤傲的心中燃起爱情。
我匆匆投入自由的怀抱，
往僻静黑暗的森林飞跑，
在那里我向巫师们求教，
不觉度过了不少年头。
盼望已久的时刻终于来到，
由于我聪敏过人的头脑，
已掌握了大自然可怕的秘密：
我知道咒语的力量有多少。
爱情的凯歌，愿望的硕果！
如今，纳伊娜，你已是我的！
这是我们的胜利，我暗暗地说。
但取得胜利的其实是命运，
它如此固执，只带给我灾祸。

“我满怀年轻人的希望和幻想，
因热切的愿望而欢天喜地，
我迫不及待地念起咒语，
呼唤精灵——黑暗的森林里
突然一道闪电划破长空，

掀起一阵妖风，伴随着呼啸，
连大地也在脚下颤栗……
突然有个老婆婆坐在我面前，
是那么衰老，白发苍苍，
她闪动着凹陷的亮晶晶的眼睛，
驼着背，脑袋不断地晃动，
一幅阴森衰朽的景象！
啊，勇士，那就是纳伊娜！……
我大惊失色，顿时成了哑巴。
我打量着这可怕的幽灵，
疑疑惑惑总不敢相信，
我突然痛哭起来，大声询问：
'啊，纳伊娜，这真是你吗？
你的美貌哪儿去了，纳伊娜？
请你告诉我，难道老天
真把你变得这样可怕？
告诉我，我离开这个世界，
告别我的灵魂和意中人，
已有多久？……''正好四十年，'
姑娘的回答是命中注定，
'今天我老婆子正好七十岁。
有什么办法。'她对我尖声说道，
'许多岁月已如飞逝去，
你我都已经珠黄年老——
我们双双都成了老朽，
但是，朋友啊，你快别后悔，

失去虚度的青春并非倒霉。
当然，眼下我已满头白发，
也许还有一点儿驼背；
如今已不是当年的少女，
不那么活泼，不那么娇媚，
但是（多嘴的老婆子还说），
我是巫婆，我向你公开隐秘！’

“她的话说得实实在在，
我哑口无言，对着她发呆，
我成了个十十足足的傻瓜，
这就是自作聪明的祸害。

“但说来真叫人害怕：法术
给我招来了极大的不幸。
我那白发苍苍的神灵
对我勃发了新的爱情。
那丑八怪把可怕的嘴一歪，
扮着笑脸，用死人的声音
咕咕哝哝地把爱情表白。
你试想一下，我有多难过，
我浑身哆嗦，垂下了眼睛；
她一边干咳，一边还把那
痛苦而热烈的话儿说个不停：
‘噢，我现在才明白自己的心；
忠诚的朋友，我看到它原是

为着缠绵的爱情而生；
感情苏醒了，我整个儿在燃烧，
我为渴望爱情而受煎熬……
噢，亲爱的，亲爱的！我要死了……
你快快投入我的怀抱……’

“鲁斯兰啊，这时候，她那
懒洋洋的眼睛直往我身上溜，
而同时还抓住我的长袍，
用她那枯槁干瘦的双手。
这时候，我吓得口呆目瞪，
由于害怕，我眯起了眼睛；
突然，我再也无法忍受，
拔脚就跑，大叫了一声。
她在后面大叫：‘负心人啊！
你扰乱了我那平静的一生，
给天真的少女带来了不幸！
你得到了纳伊娜的爱情，
却把她抛弃——这就是男人！
他们都那么不守信义，
唉，说来还是得怪我自己；
他引诱了我，罪恶的人啊！
我却顺从了热烈的情意……
负心人啊，你这坏蛋，真可耻！
发抖吧，勾引姑娘决没有好结局！’

“我们就此分手，从那时起
我就独自在山洞里幽居，
我的心已经完全破碎，
在这世界上，唯有大自然、
理智和宁静，才是我的安慰。
我已活到了风烛残年，
但那个老婆子仍未忘记
她以前有过的那些感情，
她恼羞成怒，把迟缓的爱火
一下子变成了冲冲怒气。
这个老妖婆从她的黑心里
喜欢仇恨，说来也不希奇，
她自然也会把你仇恨，
但世上的痛苦总有尽期。”

我们的勇士专心听着
老丈的故事：微微的睡意
并没有使他合上明亮的双眼，
他全心沉浸于深沉的思绪，
没觉察夜晚已悄然飞逝。
但灿烂的白日已经来临……
勇士的心里十分感激，
他叹口气，把巫师紧紧拥抱，
内心重新充满了希冀，
他走出山洞。鲁斯兰双脚
把嘶鸣的马儿紧夹了一下，

在鞍上理理衣装，打个唿哨。
“老丈，可别扔下我不管。”
说着，他驰往空旷的草原。
白发老翁在年轻的朋友
后面高喊：“祝你一路平安！
别了，要疼爱自己的新娘，
别忘了老头儿的临别赠言！”

第二歌

你们这些精通武艺的对手，
不知道彼此要和睦共事，
你们只崇尚可悲的荣誉，
把互相敌对视为最大乐趣！
让全世界都对着你们发愣，
为你们可怕的胜利吃惊：
谁也不想来干预你们，
谁也不对你们表示同情。
世上还有另一种对手，
你们这帕尔纳索斯山的骑士[1]，
快停止你们那不体面的争吵，
它会让人们笑掉牙齿；
你们吵吧，只是要小心留意。
可你们这些情场上的对手啊，
要是做得到，就友爱相敬！

---

① 帕尔纳索斯山是希腊神话中太阳神阿波罗和诗神缪斯居住的地方，是诗的象征。帕尔纳索斯山的骑士指诗人。

相信我吧，我的朋友们：
不变的命运早已决定，
是谁该占有姑娘的心，
无论如何，他将得到爱情，
生气有罪，而且也很愚蠢！

　横蛮无理的罗格达伊
为一种预感而苦恼焦急，
他丢下所有同行的旅伴，
独自一人向别处走去，
他策马走入偏僻的林海，
独自陷入深沉的思绪。
一个恶鬼扰乱、挑唆着
他那愁苦怅惘的心灵，
忧郁的勇士自言自语：
“杀死他！……冲破一切障碍，
鲁斯兰！……叫你认得我是谁……
这会儿，姑娘可要哀哀哭泣……”
突然，他猛地掉转马头，
用最快速度向原路驰去。

　那时候，英勇的法尔拉夫
美美地睡了一个早上，
他避开中午强烈的阳光，
一个人独自坐在小溪旁，
在这幽静的旷野上进餐，

好增加一点精神的力量。
突然他看见一个人在田野上
奔驰得有如狂风一般；
法尔拉夫，一点不迟疑，
立即扔下了他的午餐、
长矛、铠甲、头盔和手套，
急忙跨上马鞍，头也不回地
飞奔——来人在后面追赶。
“站住，无耻的家伙，哪里逃！”
来人对着法尔拉夫大叫，
“卑鄙的东西，我可要追上你，
我要把你的脑袋拧掉！”
法尔拉夫听出罗格达伊的声音，
吓得索索发抖慌了神，
心想这一次必死无疑，
于是他急忙加鞭朝前奔。
他像一只逃命的兔子，
紧贴着耳朵，害怕已极，
顺着土墩和田野，穿过树林，
仓皇逃避猎狗的追击。
春天里积雪已开始消融，
在这出色地逃命的地方，
浑浊的水流在哗哗奔腾，
冲击着大地潮湿的胸膛。
烈马扬起尾巴和白马鬃，
飓风般向一道山沟飞驰，

它把钢铁的嚼子咬紧，
纵身一跃从山沟上跳了过去。
但胆怯的骑士却两脚朝天，
沉重地滚进了泥泞的沟底，
他眼前一阵一阵发黑，
心想这下子已必死无疑。
罗格达伊飞马来到山沟前，
“胆小鬼，这下叫你一命呜呼！”
说着他高高举起宝剑，
却突然认出了法尔拉夫。
他瞧着对方，放下了两手，
沮丧，惊讶，心中的愤怒，
一起表现在他的脸上，
他咬牙切齿，话也说不出，
这英雄耷拉下他的脑袋，
急忙掉转马头离开山沟，
他气得发疯……却差点儿，
差点儿对自己哑然失笑。

　他在山下遇到一个老婆婆，
她奄奄一息，总算还活着，
满头白发，背驼得像黑锅。
她举起手中的弯头手杖，
对着他指了指北方，还说：
“要找到他，你就往那儿闯。”
罗格达伊真是喜出望外，

疾驰而去，奔向自己的死亡。

要问法尔拉夫怎么样？
他在山沟里，大气不敢喘，
他躺着，心里想：我可还活着？
这可恶的情敌如今在何方？
蓦地就在头顶上响起了
老太婆死人般的声音：
“起来吧，这里没事儿，好汉，
你再不会遇到一个坏人，
我已经给你牵来了马匹，
快快起来吧，听从我的指引。”

这勇士好不害羞，不得已
慢慢地爬出泥泞的山沟；
他怯生生地望望四周，
叹了一口气，高兴地说道：
“我还活着，感谢上帝保佑！”

“相信我吧，”老太婆继续说道，
“柳德米拉怕很难找到，
她已跑到很远的地方，
找回她，我们俩实难办到。
在世界上乱跑真是危险，
到头来你只会心灰意懒，
你还是听从我的劝告，

掉转马头悄悄把家还。
在基辅乡下，幽僻清静，
你独自住在祖传的乡村，
只管高高兴兴过日子，
柳德米拉迟早是你的人。”

老太婆说过这话就不见，
我们那明智的主人公立刻
回头急急忙忙回家园。
他从心里忘掉了荣誉，
连妙龄的公主也不再思念；
橡树林里最微小的声响，
黄雀的飞翔，流水的絮语，
都吓得他呀发烧出冷汗。

这时鲁斯兰已驰骋到远方，
在荒僻的田野和荒僻的树林，
他的心啊，总是飞向那
柳德米拉，他心爱的人，
他想：“我可找得到知己？
你在哪里啊，我的爱妻？
我还能看到你的明眸？
我还能听到你温柔的话语？
还是命运里早已注定，
你永远被魔王锁在深闺，
在深沉的悲哀之中衰老，

在阴森的牢狱之中憔悴？
还是哪个大胆的情敌抢了先，
不，不，我最珍爱的姑娘：
忠实的宝剑还在我身上，
我的头颅还在我肩上。”

有一天，天色已经昏暗，
我们的勇士奔驰在河岸上，
脚下是岸边陡峭的巉岩。
万籁俱寂。忽然间背后
响起一支利箭的飞鸣，
接着是铠甲的声响、叫喊、
骏马的嘶叫和重浊的蹄声。
“站住！”响起雷鸣般的吼叫，
他回头一看，在荒凉的野地上，
高举着长矛，打着唿哨，
驰来一个凶恶的骑士，
公爵迎上去，像暴风一样。
“好哇！终于追上你了！站住！”
狂妄的骑手厉声高呼，
“准备决一死战吧，朋友，
这里就是你的葬身之地，
到那里去找你的新娘。”
鲁斯兰大怒，他气得发抖，
从狂暴的声音他认出了对方……

朋友们！我们的姑娘怎么样？
我们且把勇士们放一放，
等会儿再把他们接着讲。
其实我早就应该想起
我们那位妙龄的公主，
想起那个罪恶的黑海魔王。

我那离奇幻想的朋友
有时候实在是不懂得害羞。
我说过，在一个昏黑的夜晚，
从欣喜若狂的鲁斯兰身边
温柔美貌的柳德米拉
被攫往迷蒙的云雾之间。
不幸的姑娘啊！那个坏蛋
伸出他那有力的大手
把你从合欢床上抱走，
像一阵旋风把你掠上云头，
穿过烟雾和阴沉的天空，
一会儿来到他居住的高山。
你昏昏沉沉，浑身哆嗦，
你面无人色，默默无言，
只一刹那工夫就来到了
魔王可怕的城堡里边。

有一次在那酷暑的夏日，
站在我家茅屋的门口，

我看见鸡窝中狂暴的君王——
我家的公鸡满院子乱跑，
正在追逐胆小的母鸡，
它展开那双淫荡的翅膀，
把它的相好热烈拥抱；
这时乡村中偷鸡的老手——
一只灰色的老鹰飞来了，
在它们头上狡猾地盘旋，
打着害人的主意，蓦地
猛扑到院子，快得像闪电。
它蹿上天空，飞得无影无踪，
残酷的爪子抓着母鸡，
趁黑带到安全的石缝中。
那公鸡吓得身上发凉，
悲伤地呼唤着自己的情人，
但喊破喉咙也是枉然……
它只看见半空中一根鸡毛，
在狂风之中翻飞飘荡。

　　年轻的公主昏昏沉沉，
一直睡到第二天黎明，
她就像做了一场恶梦，
到这时候她终于清醒，
她怀着火焰般激动心情，
模模糊糊感到胆战心惊，
她的心还想着昨天的欢乐，

还在喜滋滋地寻找一个人。
“亲爱的，”她轻声说，“丈夫在哪儿？”
她呼唤着，突然吓得面无人色，
她看了看四周，心里直哆嗦。
柳德米拉，哪儿是你的新房？
不幸的姑娘躺在床上，
头底下枕着绒毛的枕头，
头顶上是名贵华丽的篷帐：
辉煌的帷幕，华美的褥子，
饰着流苏，绣着高贵的花样，
到处是名贵的绫罗绸缎；
宝石闪闪发光如火焰；
四周是黄金铸成的香炉，
袅袅升起香味馥郁的烟柱，
够了……好在不用我再把
这个魔窟细细地讲述：
在很久以前山鲁佐德①
已经详细地向我说过。
但要是身边没有了爱人，
就是住在皇宫也不快活。

有三个姑娘，美如天仙，
穿着轻柔华丽的衣裳，

① 山鲁佐德，《一千零一夜》中的王后。她为了拯救其他女子，自愿嫁给国王，每夜给国王讲故事。

姗姗来到公主的面前，
向她鞠躬，弯腰到地上。
其中一个轻轻移动脚步，
慢慢地走到她的跟前；
伸出轻柔灵巧的十指，
用如今已很平常的手艺，
给公主编起金色的发辫，
她还在公主苍白的额上
戴上珍珠编成的花冠。
接着走来另一个女郎，
她低下眼睛，神态温良，
一件华丽的天蓝色长裙，
穿在苗条的柳德米拉身上。
公主的胸脯、金色的鬈发
和那焕发着青春的双肩
披着一袭透明的轻纱，
宛如缥缈的薄雾一般，
令人羡慕的云裳亲吻着
她那美如天仙的肌体，
那双美妙绝伦的秀足
穿上了一双轻巧的鞋子。
第三个姑娘将珍珠的腰带
捧来，向公主双手献上。
这时一个无形的女歌手
也为她把快乐的歌儿吟唱。
唉，无论是宝石的项链，

无论是长裙或珍珠的花串，
无论是赞美和快乐的歌曲，
都不能使她的心儿喜欢；
明亮的镜子徒然描绘出
她的美貌和她的装扮：
她只默默无言，悲伤忧愁，
并且垂下那呆滞的双眼。

　　有的人喜欢追根究底，
窥视人们忧郁的内心，
他心里自然就会明白，
一个女人如果悲痛难忍，
日日夜夜偷偷地流泪，
再也不顾习惯和常理，
忘了对镜梳妆和顾盼，
那她的悲痛就非同儿戏。

　　这时又剩下柳德米拉一个人，
她六神无主，一筹莫展，
踱到装着栅栏的窗口，
她的目光忧愁地徘徊在
远方那阴沉的天地之间。
一片死寂。白雪皑皑的原野
就像一张明亮的地毯；
在那白茫茫的广阔雪原上，
一座座阴沉的山峰耸立着，

在永恒的寂静中进入梦乡；
远近看不见冒烟的烟囱，
雪地里看不见一个行路人，
荒山上没有人狩猎取乐，
听不见嘹亮悦耳的号音；
只有原野上猖獗的旋风
有时发出凄凉的低吟，
远处灰蒙蒙的天穹边上，
摇曳着一片光秃的树林。

　柳德米拉含着绝望的眼泪，
由于害怕把脸儿掩上。
唉，她竟遭到这样的祸殃！
她向一扇银门走过去，
银门随着一阵音乐打开，
于是姑娘来到了花园里。
这真是个迷人的去处：
它比阿尔米塔[①]的花园更美，
所罗门王[②]和塔夫里达公爵[③]的
花园不如它叫人心醉。
一片雄伟绮丽的橡树林

① 阿尔米塔，意大利文艺复兴时期诗人塔索（1544—1595）的长诗《被解放的耶路撒冷》中的女主角，曾引诱参加十字军的武士利耶尔多到她的有魔力的花园。
② 所罗门王，古以色列王国国王，以智慧著称，曾大修宫室，建造圣殿。
③ 塔夫里达系克里米亚古称。塔夫里达公爵即波将金（1739—1791），俄国女皇叶卡捷琳娜二世的宠臣。

在她的面前摇曳喧闹，
一汪清澈的池水映出
苍翠的月桂林和棕榈林荫道、
一行行芬芳扑鼻的香桃木、
一片片金光灿烂的橙子
和无数雪松奇伟的树梢；
山丘、树林和一处处谷地
沐浴着春光，生气盎然；
五月的春风带着凉意
吹拂着景色迷人的田园，
在幽暗树林里颤动的枝头，
一只黄莺在婉转地啼啭；
钻石一般晶莹的喷泉
欢乐地喧响着冲上云端；
喷泉下闪耀着一尊尊雕像，
看起来都那么栩栩如生，
即使是那位菲迪亚斯①——
福玻斯②和帕拉斯③的门生，
欣赏着它们，也会自愧不如，
把神奇的刻刀掉落到地坪。
瀑布哗哗响着倾泻而下，
像一条珍珠和火焰的彩虹，
冲击着河道上大理石的巉岩；

---

① 菲迪亚斯（前五世纪），古希腊雕刻家。
② 希腊神话中的太阳神，一说是阿波罗，一说是赫里俄斯。
③ 希腊神话中司智慧、艺术和战争的女神。

森林的浓荫下一道道溪水
在缓缓的波浪中蜿蜒流动。
明亮的亭台，疏疏落落，
掩映在常绿的草木之间，
那是个幽静而清凉的地方，
到处是生气盎然的玫瑰，
馥郁馨香，开遍小径上。
但是悲痛欲绝的柳德米拉
走着，走着，却无心观赏；
魔法变出的豪华使她厌恶，
富丽堂皇的排场使她忧伤，
她自己也不知道走向何处，
只在迷人的花园周围踱步，
她让痛苦的眼泪尽情流淌，
对着那无动于衷的苍天
投去忧郁绝望的目光。
她那秀丽的双眸突然一亮，
她把手指紧贴在嘴上；
看来姑娘动了可怕的念头……
吓人的道路就在前方：
高高的小桥在她面前出现，
两头是险峻陡峭的悬岩；
姑娘怀着深沉的悲怆，
她满含着泪水走向桥边，
往哗哗的激流看了一眼，
她顿足捶胸，哭声震天，

本想一死了事，纵身波涛之间——
可她到底没有投进河里，
还是慢慢地移步向前。

　我那俊俏的柳德米拉，
一早就朝着东方奔跑，
她感到疲惫，哭干了眼泪，
该休息一下！——她心里想道。
她在草地上坐下，回头看看，
突然一顶帐篷送来凉爽，
哗啦啦张开在她的头上；
她面前出现了佳馔美味，
明亮的水晶做成了餐具；
在寂静中从扶疏的树林里
传来竖琴美妙的旋律。
被掳的公主好不惊奇，
然而她心中暗自寻思：
“远离了爱人，失去了自由，
活在世上还有什么意思？
噢，你啊，那置人死命的情焰
把我折磨，想把我爱抚，
但恶魔的淫威并不可怕，
柳德米拉会拿死来对付！
我不需要你那些帐篷、
无味的歌曲、丰盛的饭菜——
我不吃，也不听你的乐曲，

我要死在你的花园里！”
她想了想，还是吃了起来。

公主站了起来，刹那间帐篷、
那些豪华精致的餐具、
竖琴的乐曲……全都消失；
她的周围又是一片寂静，
柳德米拉又独自在花园里，
从一片树林走向另一片树林，
这时在湛蓝的天空飘浮着
夜晚的女皇——明亮的月轮。
夜色从四面八方聚拢，
静静地栖息在群山之上，
公主不由得感到困顿。
突然不知一股什么力量，
比和煦的春风还要柔软，
把她轻轻地带到天上，
送到一座华丽的宫殿，
穿过一片夜晚玫瑰的花香，
小心翼翼地把她放在
令人忧伤和痛哭的床上。
三个少女立即又出现，
围着她忙得团团转，要帮她
脱下锦衣，服侍她入眠，
可她们那忧郁不安的目光，
她们那被迫保持的沉默，

却暗暗流露她们的同情，
和对命运的无力谴责。
我们言归正转：她们温柔的手
给困倦的公主脱去衣装，
她只穿着一件雪白的短衫，
那婀娜的身子是多么迷人，
她躺在床上就要入眠。
姑娘们叹口气鞠了一躬，
匆匆忙忙走出了绣房，
随手轻轻地带上房门。
这会儿被掳的公主怎么样！
她树叶般颤抖，气也不敢出，
胸口发凉，目光里含着焦灼，
片刻的睡意早已飞去，
她不想睡觉，加倍戒备，
默默地注视着幽暗的夜色……
周围是一片黑暗和死寂！
她只听到心儿怦怦地跳动……
她感到……静寂的低声絮语，
有人向她的眠床走来，
公主一头钻进了枕头里——
蓦地……噢，多可怕！真的
响起了人声，房门刹那间
被打开，瞬间的闪光立刻
驱走了夜晚浓重的黑暗。
接着走进长长一队黑人，

他们一声不响，威武雄壮，
佩着闪闪发亮的马刀，
彬彬有礼成双来到床旁，
手里捧着雪白的胡须，
小心地把它放在枕头上。
跟着胡须来了个驼背的矮人，
他昂起头颅，威风凛凛，
大模大样走进了房门：
他的头剃得干干净净，
高高的帽子戴在头顶，
原来，胡须就属于这个人。
他已经走近床边，于是
公主翻身跳下了床笫，
她好不伶俐，一手抓住了
白须人那顶高高的帽子，
她举起不断颤栗的拳头，
惊惶之中她尖叫了一声，
吓得黑人们呆若木鸡。
可怜的矮人浑身发抖，
苍白胜过公主的脸色，
他连忙用双手捂住耳朵，
他想逃走，却被胡须绊住，
跌倒了，在那里无法挣脱；
他爬起来，又栽了跟斗，
那群黑人乱成了一团；
叫嚷，推搡，没命地乱跑，

他们把魔王紧紧地抱住，
把他抬出去解他的胡子，
忘了柳德米拉手中的高帽。

　我们善良的勇士怎么样？
你们可记得那意外的见面？
奥尔洛夫斯基[①]，拿起你灵巧的
铅笔，画下这一夜和这恶战！
在闪烁不定的月光底下，
两个勇士杀得天昏地暗，
他们的心里燃烧着怒火，
连长矛也被扔得好远，
他们的宝剑已断成几截，
铠甲沾满了斑斑鲜血，
盾牌被打破，碎成了几块，
两人骑着马，打得难分难解；
黑色的尘土蹿上天空，
胯下的坐骑不住地抖动；
两个斗士死死地扭住，
好像钉死在马鞍上边，
抱得紧紧，谁也不肯放松；
他们仇恨得四肢发抖，
扭在一起，浑身变得僵硬，

① 奥尔洛夫斯基（1777—1832），俄国画家，画过许多战争题材的作品。他的作品具有强烈的浪漫主义和民主主义色彩。

怒火在血管里急骤地奔流，
胸膛在仇人的胸口上颤动——
力气用尽了，两人摇晃起来——
眼看有人要倒下……突然我的勇士
怒气冲天，用他钢铁般的手，
从马鞍上拉下他的仇敌，
把他高高地举在头上，
从岸边扔进滚滚的狂澜。
“叫你完蛋，”他愤怒地大叫，
“可恶的妒汉，叫你一命归天！”

　我的读者，你猜得不错，
勇敢的鲁斯兰在和谁格斗：
那是个好战成性的家伙，
罗格达伊，基辅人的希望，
追求柳德米拉，一个阴险的对手。
他沿着第聂伯河的两岸，
把情敌的踪迹暗暗地查访，
查到了，追上了，但先前的膂力
辜负了这个战神的儿郎，
这个古代罗斯的好汉
在荒野中找到了自己的下场。
有人传说，这条河流的
年轻的女水妖把罗格达伊
拉进她那冰凉的怀抱，
一边热烈地亲吻着勇士，

一边笑着把他拉到河底；
过了很久，当夜幕降临，
这个勇士的巨大亡魂
在寂静的河边久久地流连，
吓唬荒村僻野的渔民。

第三歌

在谦和幸福的朋友们面前，
你们无法在阴影里隐藏，
我的诗篇！你们也无法逃避
那充满妒忌的愤怒目光。
一个苍白的批评家由于妒忌
向我提出个灾难性的问题：
为什么我把鲁斯兰的妻子——
仿佛是存心取笑她的丈夫——
称作公主，说她是个少女？
你瞧，我的善良的读者，
这就是仇恨的黑色印记！
你说吧，佐伊尔[1]，背信的家伙，
叫我怎么回答这个问题？
脸红吧，不幸的人，上帝保佑你！
脸红吧，我可不和你扯皮；

① 佐伊尔，古希腊语文学家，以抨击荷马史诗文字不通而著名。此处指上述怀有恶意的批评家。

我心安理得，问心无愧，
我心平气和，沉默不语。
但你是会理解我的，克利梅娜[1]，
你啊，无聊的喜曼[2]的牺牲者，
垂下你那慵倦的眼睛吧……
我看见你偷偷流下的眼泪
滴落在我那明白的诗句里，
你脸红了，目光也暗淡下去；
你默默叹息……我明白这意思！
好妒忌的人哪：当心，时候到了；
阿摩尔[3]会任性地大发脾气，
采取一项果断的措施，
为你那颗不光彩的脑袋
准备一顶报复的绿帽子。

在北方黑暗笼罩的群山上，
已露出寒气逼人的曙光；
但奇异的城堡里却没有声响。
那黑海魔王心里暗自抱怨，
他光着脑袋，披着晨衣，
坐在床上生气地打呵欠。
在他那雪白的胡子周围
簇拥着一群沉默的奴隶，

---

① 克利梅娜，虚构的人物。
② 希腊神话中的婚姻之神。
③ 希腊神话中的爱神。

他们用一把骨制的梳子
轻轻地把他鬈曲的胡子梳理；
为了保养，也为了漂亮，
奴隶们用东方的香水洒遍
那长得无穷无尽的胡须，
那奥妙的须发卷成一圈圈；
突然一条大蛇长着翅膀，
飞进窗口，不知来自何方：
哗哗响动着铁的鳞片，
一下子盘成了几个圆圈，
突然间它又变成纳伊娜，
在场的人这一惊非比寻常。
“特来向你请安，”她说，
“我的景仰已久的同道！
至今我只从如雷的传说
知道你黑海魔王的道号。
神秘的命运，共同的仇恨，
如今把我们联结成一群；
大祸已威胁着你的生命，
就像头上悬着一堆乌云；
那被恣意败坏的名声
正提醒我去报仇雪恨。”

小矮人跟她握手表示欢迎，
目光充满谄媚讨好的神情，
他郑重宣布：“神妙的纳伊娜，

《鲁斯兰和柳德米拉》 O. -Φ. 伊格纳茨乌斯 绘 1823 年

我一定珍惜你的联盟。
我们要揭露芬兰人的诡计，
我可不怕那阴险的把戏：
虚弱的仇人没什么可怕；
请看我有多好的运气：
黑海魔王可不是白白地
长着这把天赐的胡须。
仇人的宝剑至今还无法
把我这雪白的胡子砍断，
无论哪个剽悍的勇士，
无论哪个普通的汉子，
都不能挫败我最小的妙计；
柳德米拉将永远属于我，
鲁斯兰将死无葬身之地！”
那妖婆阴森森地一再说道：
“他就会死掉！他就会死掉！”
然后她嗞嗞地叫了三声，
又狠狠地跺了三脚，接着，
化成一条黑蛇倏地飞掉。

　魔王受到妖婆的鼓励，
又把锦缎的法衣披起，
他心里着实高兴，决定
把胡须、谦恭和爱情再送到
被掳的少女那儿碰碰运气。
大胡子矮人细心打扮，

又来到公主栖身的宫殿，
他走过长长的一排房间。
公主不在。他走到花园，
进了月桂林，到花园的栅栏边，
沿着湖畔，来到瀑布旁，
也找过桥下、凉亭……少女都不见！
公主逃走了，没有了影踪！
谁能表达出他的焦急，
他的嚎叫和发狂时的战栗？
他又恼又恨，眼前阵阵发黑，
矮人发出了粗野的呻吟：
“来人哪，我的奴隶，快来！
快来，这会儿全得靠你们！
快点给我找出柳德米拉！
快点，你们听见吗？快点！
谁要胆敢和我说笑装傻，
我就用胡子绞死你们！”

　读者，要不要让我告诉你，
我们的美人儿躲在哪里？
她一夜为自己的遭遇而惊奇，
满是泪痕的脸上露出了笑意。
大胡子把她吓了一跳，
但她认识了黑海魔王的面貌，
他真是可笑，但恐惧和欢笑
从来就不会同时来到。

窗外刚露出一抹晨曦，
柳德米拉就起床梳洗，
她的目光无意中投向
一面高高的明净的镜子；
她漫不经心从百合般的肩上
把金色的鬈发轻轻提起；
一只秀手漫不经心地
把浓密的秀发编结梳理；
她无意中看见屋角搁着
昨天那套华丽的衣裳，
她叹了一口气，烦恼地穿上它，
泪珠儿又止不住簌簌流淌；
少女叹着气，目不转睛地
瞧着那面忠实的镜子，
她灵机一动，由于任性的思绪，
激动之下想出了个主意：
把黑海魔王的帽子试一试。
屋里静悄悄，一个人也看不到，
没有人往少女身上瞧一瞧，
这位刚到十七岁的姑娘啊，
戴上什么帽子不俊俏！
化妆打扮从不会偷懒：
柳德米拉把帽子转了转，
紧扣眉梢，扶扶正，又歪戴一旁，
还把前后倒过来试试看。
怎么啦？真是古代的奇谈！

柳德米拉从镜中消失啦；
她把帽子转过来——镜子里
又出现了先前的柳德米拉；
把帽子反戴——人影儿又不见，
脱掉——又出现！“多么奇妙啊！
好啊，魔王，好啊，我的宝贝！
这会儿我可没有了危险；
这会儿我已能避开麻烦！”
公主高兴得脸上绯红发亮，
她把老魔王的那顶帽子
前后倒过来戴在头上。

　还是回头来讲讲我们的英雄。
把帽子胡子说个没完没了，
却把鲁斯兰撂在一边，
这样我们难道不害臊？
结束了同罗格达伊的恶战，
他穿过一片莽莽的森林；
眼前出现一片开阔的谷地，
这时已是曙光熹微的早晨。
勇士不由得起了一阵战栗：
这原是一片古战场的遗迹。
远处荒凉冷清，到处有
发黄的枯骨；山野上尽是
当年战士的甲胄和箭袋，
到处是生锈的盾牌和挽具，

这儿手骨旁横着宝剑，
饰着羽毛的铜盔长了草，
陈年的头骨在里面腐烂；
在那里纹丝不动地摊着
勇士的整副骨骼和他那
倒毙的战马；长矛和羽箭
深深扎入潮湿的土地，
上面爬满了安闲的藤蔓……
没有任何声响能打破
这荒凉山地深沉的幽寂，
只有太阳从晴朗的高空
照耀这死气沉沉的谷地。

勇士深深地叹息，他抬起
忧郁的眼睛把周围扫视。
“噢，旷野啊，旷野，是谁
把死人的骸骨撒在这里？
在浴血战斗的最后时刻
是谁的快马在你身上奔跑？
谁光荣地在你的身上倒下？
老天爷听见了谁的祷告？
旷野啊，你为何默默无言，
长满了叫人忘却的野草？……
也许在永恒的黑暗之中
我已难得救，在劫难逃！
也许鲁斯兰静默的棺木

将安放在这沉寂的山冈上，
并且鲍扬嘹亮的琴弦
也不再把他的英名歌唱！”

可是我的勇士立即想起
英雄需要铠甲和剑戟，
而英雄在最后一次战斗中
正好失去了他的武器。
他在旷野上转了几圈，
在人们遗忘的白骨堆、灌木丛，
在腐烂生锈的甲胄当中，
在破碎的宝剑和头盔堆里，
寻找一副合适的盔甲使用。
回声和静谧的草原已苏醒，
旷野里响起杂乱的响声，
他不加选择拾起一个盾牌，
找到头盔和响亮的号角，
而合用的宝剑还缺一柄。
他在打过仗的谷地转了转，
看见了许许多多的宝剑，
但都太轻或者是太小，
可英俊的公爵并不沮丧，
像当今那些勇士一样。
为了要弄点什么免得无聊，
他随手拿起一支钢矛，
把一件铠甲披在身上，

继续赶路把公主寻找。

　在蒙眬进入梦乡的大地上，
鲜红的晚霞已渐渐暗淡，
蓝色的雾霭冉冉升起，
金色的月亮出现在东边，
草原上暮色苍茫。鲁斯兰
默默走在黑暗的小径上，
他看见：在迷茫的夜雾之中，
远处有一座巨大的山冈，
有个可怕的东西在打鼾。
他走近山冈，走近些——听见
奇妙的山冈似乎在喘气。
鲁斯兰毫不畏惧，从容不迫，
侧耳谛听，想看个仔细。
但马儿动动胆小的耳朵，
不肯前进，还浑身发抖，
长长的马鬃高高竖起，
不断摇动着倔强的马头。
突然，明月洒下了清辉，
山冈在雾霭中被照得通亮，
勇敢的公爵定睛一看，
一个怪物在眼前出现。
我该怎么描绘和叙说？
他眼前竟是个活生生的巨头。
两只大眼睛在睡梦中紧闭，

边打鼾，边摇着饰羽毛的头盔，
在高高的昏暗的盔顶上面，
羽毛影子般随风飘飞。
这巨头长得真是好看，
给这无名的荒漠充当守卫，
他高高耸立在阴沉的草原上，
四周环绕着一片沉寂，
在鲁斯兰面前，他像一堵
云雾缭绕的险峻的峭壁。
鲁斯兰猜不透是怎么回事，
想惊动一下那神秘的睡眠，
他走上去把怪物细瞧，
骑着马绕巨头走了一遭，
便默默地站在鼻子前面；
他用长矛把鼻孔轻搔，
巨头皱皱眉打了个呵欠，
他睁开双眼又打个喷嚏……
于是旋风骤起，草原震撼，
尘土飞扬，从他的睫毛、胡子
和眉毛飞起一群猫头鹰，
沉睡的树林也给惊醒，
传来了巨头喷嚏的回声，
骏马嘶鸣、跳跃又飞奔，
勇士好容易在马鞍上坐定，
接着响起巨头响亮的话音：
“无知的勇士，你往哪里奔？

《鲁斯兰和柳德米拉》 H. Φ. 德米特里耶夫 绘 1947—1948 年

赶快回头走，我不爱开玩笑，
这无赖正好给我当点心！”
鲁斯兰鄙夷地回头看了看，
手里轻轻勒住了马衔，
他神态高傲地冷笑了一声：
“你到底打算拿我怎么样？”
巨头皱起双眉大叫了一声：
“瞧老天给我送来什么客人！
听我说，你还是快给我滚开！
我要睡觉，现在是半夜三更，
再见！”可我们出色的勇士
听到这些粗暴的话语，
勃然大怒，他威武地大喝：
“愚蠢的大头！快给我住嘴！
一句俗话说得真是好：
‘脑壳虽然大，其实没有用！’
我到处游逛，谁也不惊动，
要是给碰上，谁也难逃命！”

　这时巨头气得说不出话，
胸中的愤恨眼看要发作，
他绷起了面孔，血红的双眼
闪着凶光，恰似烧红的炭火；
他嘴里冒泡，双唇颤动，
从嘴巴和耳朵里冒出热气——
突然他使尽全部气力，

对着公爵猛吹一口气；
马儿枉然眯起了眼睛，
低着脑袋，用胸膛顶住，
穿过狂风骤雨和夜色，
继续着它那危险的路途；
它心里害怕，眼睛发花，
筋疲力尽，又奔跑了一程，
想到远处的旷野休息一下。
勇士想回到巨头那里去，
但又给吹回来，真是白费力！
那巨头还在后面哈哈笑，
就像发作了歇斯底里。
他高喊："喂，勇士！喂，英雄！
你哪儿去？且慢且慢，等一等！
喂，勇士，你在白白把命送；
别胆小，勇敢的骑士，此刻
趁着你的马儿没累死，
再来一下让我乐一乐。"
巨头鼓起恶毒的舌头，
想把我们的英雄挑逗。
鲁斯兰藏起心中的恼怒，
默默用长矛威胁着巨头；
他用那只空手推推它，
全身抖了抖，挥起了利剑，
刺进那粗鲁无礼的舌头。
于是从那疯狂的嘴巴，

鲜血顿时小河般奔流。
巨头吃惊、疼痛又生气，
再不能瞎说一气把牙磨，
他呆呆地望着我们的公爵，
咬住宝剑，脸上没了血色。
我们的舞台上有时也是这样，
那墨尔波墨涅①的蹩脚门生，
平静的心绪会变得焦躁，
被一阵突发的口哨吓昏，
他的眼睛什么也看不见，
脸色发白，忘了把角色扮演，
浑身发抖，低低地垂下头，
结结巴巴，说不出一句话，
出现在嘲笑的观众面前。
骑士利用这有利的一瞬，
向着惊慌失措的巨头，
像鹞鹰一样迅速飞起，
举起他那可怕的右手，
对着那颗巨头的脸颊，
狠狠地给了个沉重的拳头；
整个草原轰的一声响，
周围披满露珠的草地上，
顿时给冒泡的鲜血染红，
那巨头随着晃了一晃，

① 希腊神话中缪斯之一，主管悲剧。墨尔波墨涅的门生指悲剧演员。

扑通一声倒栽葱滚下来，
那生铁的头盔碰得丁咚响。
而在那块空下来的地方，
一把骑士的宝剑在闪光。
我们的勇士高兴得发抖，
他抓起宝剑，在染血的草原上
冲向巨头滚落的地方，
心里想出个无情的主意，
要割下他的耳朵和鼻梁；
鲁斯兰正要狠狠地砍他，
勇士已挥起宽阔的宝剑——
突然，他吃了一惊，听到
巨头哀求的声音好可怜……
鲁斯兰轻轻地放下宝剑，
狂暴的怒气早消了一半，
巨头的哀求使他平了气，
翻腾的复仇念头已消散：
就像见了正午的阳光，
谷地上的冰雪融化了一般。

“英雄，是你使我开了窍，”
巨头长叹了一声说道，
“你的右手向我证明了
刚才的事全是我不好；
从今以后我听你调遣，
但勇士啊，还请你宽容原谅！

我的遭遇说来令人伤心，
我本是个勇士十分坚强！
我经历过无数次血战，
可是一个敌手没遇见；
要不是我那弟弟来作对，
我可是无忧无虑赛神仙！
残暴凶恶的黑海魔王，
你给我招来无数的祸殃！
你这天生的大胡子矮人，
玷辱了我们一家的声望。
我年轻时长得魁伟惊人，
他看在眼里，不免恼恨在心，
这个残忍凶狠的家伙，
从此暗暗地把我仇恨。
我虽然长得高大，却总是
老实巴交，而那个侏儒
长成一副丑八怪的模样，
却魔鬼般狡猾，心狠手毒。
说起来也是该我倒霉，
在他那神奇的大胡子里面，
竟藏着一种致命的力量，
这家伙真是骄横傲慢，
只要大胡子没受损伤，
他就到处作恶，肆无忌惮。
有一次，他装得十分亲热，
心里怀着鬼胎对我说道：

‘喂，你可别拒绝做件大事：
我在一些魔书里看到，
在东边的几座高山后面，
在大海那边静静的彼岸，
一个荒凉的地窖里锁着
一把宝剑，真可怕！怎么办？
我从神秘的魔法中看到，
和我们作对的命运已决定，
它要叫我们认得这宝剑，
叫我俩双双在剑下丧生：
它要割掉我的大胡子
和你的头颅，你自己想想看吧，
把这恶鬼的造物拿到手，
这对我们是多么重要啊！’
‘那又怎么样？这有什么难？’
我对矮子说，‘我已准备好，
就是天涯海角，我也走一遭。’
我用肩膀扛起一棵松树，
听了那个坏蛋的话，让弟弟
在我另一个肩膀上坐好；
我动身走上遥远的路途，
走呀，走呀，真要感谢上帝，
和矮子的预言全不一样，
开头一切都顺顺利利。
我们翻过远方的群山，
终于找到那不祥的地窖，

我用双手把地窖清理，
终于把秘藏的宝剑找到。
可事情没完！命运另有安排：
我们两个吵得翻天覆地，
你猜，我们为什么争吵！
问题是宝剑应该交给谁？
我据理力争，矮子气得发昏；
我们破口大骂，吵得难解难分，
最后这狐狸想出一条诡计，
他不再争吵，好像变得温顺。
‘让我们停止无益的争吵，’
黑海魔王郑重其事说道，
‘这会使我们的合作丢脸，
理智叫我们要相处得和好；
我们让命运来作出决定，
看看宝剑归谁才公平，
我们都把耳朵贴在地面，
（瞧这坏蛋动了什么脑筋！）
谁听到了第一个声音，
这宝剑就归谁整整一生。’
他说完话就躺在地上。
我一时糊涂也就学了样，
我躺着，什么也没有听见，
正想撒个谎叫他上当！
但受到无情欺骗的是我自己，
那时周围是一片沉寂，

他爬起来蹑手蹑脚走到
我背后，猛然挥起手臂，
利剑呼的一声比风快，
没等我回头看个明白，
我的脑袋已经落了地，
只是一种超自然的力量
才使我的巨头活了下来。
我的骨骼长满了荆棘，
我那未经安葬的尸体
在为人遗忘的远方腐烂，
但可恶的矮子还把我送到
这块荒无人烟的野地，
叫我永远在这里看守
宝剑——如今它已落到你手里。
噢，勇士！你真是福星高照，
上帝保佑，你把宝剑拿好！
说不定在你日后的道路上，
会遇见那矮个子的老妖。
啊，你要是发现这个小丑，
一定要替我报那诡计之仇！
那时我将会感到高兴，
离开这世界也无忧无愁，
为了感谢你的大恩大德，
我再不记那一拳之仇。”

第四歌

每天当我从睡梦中醒起，
我就诚心诚意感谢上帝，
因为在我们这个时代，
已没有太多的妖魔术士。
再说——得向他们表示敬意！——
已可以平安地举行婚礼……
我们的少男和少女已经
不很害怕他们的诡计。
可是还有一些魔法师，
我对他们恨得咬牙切齿：
他们笑容可掬，眼睛浅蓝，
噢，朋友们——那声音真甜蜜！
别相信他们：他们是魔鬼！
要像我一样远远地躲避
他们那些诱人的毒计，
在宁静中自个儿好好安睡。

才华卓绝的诗歌天才，

歌唱神秘的幻影、爱情、
梦想和众多魔鬼的歌手，
坟墓和天堂的忠实居民，
我那轻佻的缪斯的信徒，
她的培育者和她的庇护人！
请你原谅，北方的俄耳甫斯[①]，
在我那供人消遣的故事里，
我正跟在你后面飞翔，
去揭穿任性缪斯的诗篇——
它在美丽的谎话里隐藏。

朋友们，你们都曾听说，
古时候有这么一个坏人，
由于悲伤，把自己卖给魔鬼，
接着又卖掉女儿的灵魂；
后来又用慷慨的施舍、
祈祷、信仰，并戒除酒色，
以及真心诚意的忏悔，
找一个圣人做他的庇护者；
他怎样死掉，十二个女儿
又是怎样昏昏地睡去：
那些神秘夜晚的景象，
那些幻影的古怪离奇，

① 俄耳甫斯，希腊神话中的歌手。"北方的俄耳甫斯"和上述诗歌天才等均指俄国诗人茹科夫斯基。普希金在下一节提到他的叙事诗《十二个睡美人》。

罪人所受的种种磨难，
阴险的魔鬼，上帝的怒气，
还有贞洁少女的美貌，
是如何使我们入迷和惊奇。
我曾和她们一起痛哭，
绕着齿状的城墙漫步，
用我深受感动的心去爱
她们宁静的梦和幽禁的生活；
我曾用瓦吉姆[①]的灵魂呼唤，
看见她们从梦中醒转，
常陪同这些神圣的修女
去到她们父亲的坟前。
真有这回事？……我们受骗了！
可我说的是事实还是谎言？

　年轻的拉特米尔急急忙忙
赶着马儿向南方驰去，
心里盘算在天黑之前
赶上鲁斯兰新婚的爱妻。
但红霞满天的白日将尽，
远方烟雾茫茫、朦胧迷离，
勇士枉然眺望着前方：
河岸上仍然空无人迹。
晚霞的最后一道余晖

---

① 瓦吉姆，《十二个睡美人》一诗中的人物，他唤醒了十二个沉睡的少女。

燃烧在金光灿灿的松林上，
我们的勇士默默地走过
一座座黑色的山岩，眼睛
在树林中寻找宿夜的地方。
他走到一块平坦的谷地，
看到悬岩上有一座城堡，
齿状的城墙高高地耸起；
黑魆魆的塔楼建立在四角；
高高的城墙上有一个少女，
仿佛大海中孤独的天鹅，
她走着，全身披满了霞光；
少女唱着动人的歌曲，
歌声直传到这沉寂的山窝。

“夜幕已经降临到大地，
从海上吹来凉风习习，
天已不早了，年轻的旅人，
到我们快乐的绣楼来安息！

“这儿夜里愉快又安谧，
白天又欢乐又办酒席，
快来吧，噢，年轻的旅人，
快应友好的邀请来相聚！

“我们这儿有一群美女，
她们的话语和亲吻多甜蜜，

快来吧，噢，年轻的旅人，
快应秘密的邀请来相聚！

“待到晨光熹微的黎明，
我们用美酒来送你离去，
快来吧，噢，年轻的旅人，
快应善意的邀请来相聚！

“夜幕已经降临到大地，
从海上吹来凉风习习，
天已不早了，年轻的旅人，
到我们快乐的绣楼来安息！”

她一边招引，一边歌唱：
年轻的汗王已走近城墙；
在城门口他受到热情欢迎，
那是一群盛装的姑娘；
他在甜蜜的话语声中
被团团围住，那多情的秋波
尽情地在他的身上凝注，
两个姑娘牵走他的马儿；
年轻的汗王走进宫殿，
背后跟着一群可爱的修女；
一个摘去饰羽毛的头盔，
一个拿走那精锻的铁衣，
一个取宝剑，一个取盾牌；

她们要用柔曼轻飘的衣裳
换下他身上铁打的戎装，
可是在更衣之前先把他
带到华丽的俄罗斯澡房。
腾起细雾的流水哗哗地
注入澡房银制的浴盆里，
凉爽的喷泉喷射出水柱；
地上铺着华美的地毯，
让疲惫的汗王躺下休息；
澡房里缭绕着透明的蒸汽，
汗王周围尽是妙龄的少女，
个个美如天仙半裸着身体，
稍稍把含情的双眼低垂，
她们体贴入微，默默服侍，
挤在一起，又快活又淘气。
一个少女弯身对着骑士，
用细嫩的桦枝轻拍他的身体，
桦枝上冒出了馨香的热气；
还有一个用春天的玫瑰汁
清凉着汗王疲惫的四肢，
把他那头鬈曲的黑发
浸没在芬芳馥郁的香水里。
勇士心花怒放，乐不可支，
早已遗忘被掳的柳德米拉——
不久前如此倾心的佳丽；
他苦受甜蜜想望的煎熬；

飘忽不定的目光在闪烁，
内心充满热烈的期待，
如痴如醉，心中烧着一团火。

拉特米尔终于走出了澡房，
他穿上了天鹅绒的长衫，
周围簇拥着天仙般的少女，
坐上了为他准备的华筵。
我不是荷马：只有他一人
才能用美妙的诗句讴歌
希腊卫队丰盛的酒宴
和杯盏的丁当、美酒的泡沫。
我更爱步帕尔尼[①]的后尘，
用我这把轻佻的诗琴
歌唱夜影婆娑中的裸女
和那两情缱绻的亲吻！
溶溶的月光照耀着城堡；
我看见那矗立在远方的绣楼，
欲火中烧的慵倦的勇士
正独个儿把醉人的美梦享受；
他的额头和他的双颊
正燃烧着一片片鲜艳的红云，
他的双唇微微地张开，
正在招引神秘的亲吻；

① 帕尔尼（1753—1814），法国诗人，著有爱情诗。

他心如火烧，轻轻地叹息，
他梦见她们，在热烈的梦境中
抓起锦被，紧抱在怀里。
在这万籁俱寂的时刻，
房门打开了；妒忌的地板
在匆匆的脚步下吱吱作响，
一个少女的身影闪现
在明月的银辉下面。幻想的梦，
飞走吧，快快飞离这里！
醒来吧——你的良宵已经来临！
醒来吧——一刻也不能白费！……
少女走近了他的眠床，
他还沉浸在甜蜜的梦乡，
锦被从床上滑落下来，
额头靠在温暖的枕头上。
少女默默站在他的床前，
一动也不动，屏住呼吸，
就像虚伪的月神狄安娜
在她心爱的牧人前伫立；①
接着，她提起一只脚跪在
汗王睡觉的眠床上边，
叹了一口气，低下她的头，
全身软绵绵，带着点震颤，

① 狄安娜，罗马神话中的女神，即希腊神话中的阿耳忒弥斯。她以贞洁著称，不许凡人偷看她的面貌。一说即月神塞勒涅，她每天晚上到山洞里和漂亮的牧人恩底弥翁相会。

《鲁斯兰和柳德米拉》 O. -Ф. 伊格纳茨乌斯 绘　1823 年

用她热烈无言的亲吻
打破那个幸运儿的梦幻……

　但是，朋友，羞答答的诗琴
已经在我的手下沉默；
我羞怯的声音已逐渐微弱，
我们把年轻的拉特米尔搁一搁；
我不敢再唱这支歌儿：
我们应该把鲁斯兰重提，
他是个举世无双的勇士，
实在的英雄，忠实的伴侣。
一场苦战使他困倦难当，
在那勇士的巨头下面，
他已进入甜蜜的梦乡。
这时黎明时分的红霞
已把静谧的天边照亮，
旷野明朗了，闪闪的晨曦
把他的额角染成金黄。
鲁斯兰一跃而起，骏马
立即带着他奔向前方。

　日月如梭，田野已成金黄，
树上飘落着干枯的叶片，
树林里吹起萧萧的秋风，
压下了百鸟的啁啾鸣啭；
一片浓重而阴沉的大雾

笼罩着光秃荒凉的山冈，
严寒的冬天就要来到，
鲁斯兰勇敢地继续奔向
通往北方的路程，他每天
都遇到一些新的魔障：
他时而跟某个勇士格斗，
时而同妖婆或巨人交手，
时而在朦胧的月夜看见
几个水妖静坐在枝头，
仿佛置身于魔幻的梦境，
她们的周围弥漫着雾气，
一个个坐在树枝上摇晃，
嘴边挂着狡黠的微笑，
一言不发，勾引着勇士……
但神明暗中把他保佑，
无畏的勇士没受到引诱；
欲望在他的心中沉睡，
他没看见，也不理睬她们，
一心只想把柳德米拉解救。

这时候，我那美丽的柳德米拉，
我那不幸的公主怎么啦？
她戴着那顶奇妙的帽子，
无论是谁都看不见她，
连那黑海魔王也没有办法。
她心中忧愁，默默无言，

成天单独散步在花园，
想念着爱人，长长地叹息，
或者放任自己的幻想，
在心驰神往之中飞走，
驰骋在基辅大地的故乡；
想象中她拥抱父亲和兄弟，
看见了她那些年轻的女友，
和几位上了年纪的奶妈——
遗忘了被掳和别离的忧愁！
但是可怜的公主一会儿
就从蒙眬的幻梦中醒来，
她仍旧是那么孤独悲哀。
那痴迷不悟的魔王的奴仆
丝毫不敢怠慢和含糊，
昼夜寻搜城堡和花园，
为的是寻找那美丽的女俘，
他们到处奔跑，高声喊叫，
可到头来仍是白白地辛苦。
柳德米拉有意捉弄他们，
有时走进魔幻的树林里，
把帽子摘掉，突然出现，
高声喊叫："在这里！在这里！"
奴仆们成群地向她扑去；
可柳德米拉又没了踪迹，
她轻手轻脚跑到一边，
免得落到他们的魔掌里。

随时随地都能够发现
她所留下的片刻的痕迹：
一会儿染成金黄的浆果
从簌簌喧闹的枝头摘去，
一会儿山泉清澈的水花
落在被人们踩过的草地。
这时城堡的主人才知道
公主以什么解渴和充饥。
她在雪松和白桦的树枝上
找到聊以宿夜的地方，
她想得到片刻的安睡——
结果却总是眼泪汪汪；
她呼唤着伴侣和安宁，
饱受忧愁和困倦的磨难，
只是黎明前才偶尔偶尔
把头低低靠在树干上，
迷迷糊糊地合上双眼；
只要夜色有点儿散去，
柳德米拉就走到瀑布跟前，
捧起清凉的流水洗脸：
有一天清晨时分，矮人
在宫殿里面亲眼看见，
一双看不见的手弄得
瀑布的水珠儿四处飞溅。
柳德米拉总是满怀悲伤，
在一天的夜晚来临之前，

徘徊踯躅在花园之间；
每当日薄西山，时近傍晚，
常能听到她动人的歌唱；
在那密密的树林里，人们
也常常捡到她丢弃的花环，
或者一方波斯的披巾，
或者带着泪痕的手绢。

　　那黑海魔王欲火中烧，
为苦恼和愤恨而形容枯槁，
最后他终于下定决心，
一定要把柳德米拉抓到。
就像林诺斯岛的跛足铁匠①
从美丽的阿佛洛狄忒②手上
接过成为夫妇的花冠，
向她的妙事撒下罗网，
并向喜欢嘲笑的诸神
揭穿塞浦律斯③的风流勾当……

　　可怜的公主寂寞郁悒，
坐在凉爽的大理石凉亭里，
她独自静静地靠在窗口上，

---

① 即赫淮斯托斯，希腊神话中的火神。
② 希腊神话中美和爱的女神，赫淮斯托斯之妻。
③ 塞浦律斯即阿佛洛狄忒。这节诗指赫淮斯托斯有一次发现阿佛洛狄忒和战神玛尔斯幽会，即向他们撒下罗网，并公诸诸神。

透过迎风摇曳的树枝，
眺望着鲜花盛开的草地。
她突然听到叫喊：“我的亲人！”
接着看见了忠实的鲁斯兰，
他的面容、步态和模样；
但他脸色苍白，两眼模糊，
腿上留着未愈的创伤——
她的心颤动了一下。“鲁斯兰！
鲁斯兰！……正是他！”被掳的新娘
箭一般飞向她的亲人，
含着泪，颤抖着，语声悲伤：
“你在这里……受了伤……出了什么事？”
她奔到亲人跟前，扑在他身上：
噢，真可怕……幻影不见了！
公主落到了网里，帽子
从她的头顶落到地上。
她浑身发冷，听到一声大叫：
“她是我的！”就在这瞬间，
她看见魔王出现在眼前。
姑娘发出了一声惨叫，
她昏倒在地上——一场噩梦
展开双翼把姑娘拥抱。

　是什么在等着可怜的公主！
噢，可怕的景象：虚弱的魔鬼
正伸出他无礼的手掌抚摸着

柳德米拉年轻的玉体!
难道他真是这么走运?
呜——嘹亮的号音突然响起,
有人在喊叫矮人的名字。
魔王脸色发白,心慌意乱,
急忙把帽子给姑娘戴上;
号声又吹起,越来越响亮,
他飞起迎击陌生的仇敌,
把长长的胡须甩到肩上。

第五歌

啊，我的公主多么可爱！
我最珍视的是她的性情，
她聪明伶俐，温文尔雅，
对丈夫的爱十分坚贞。
她有点调皮……那又怎么着？
这样她反而更加动人。
每时每刻，她都娇柔可爱，
使我们个个陶醉倾心；
您说说，无情的特尔斐拉①
怎么能和她相提并论？
命运赐给她特有的美质，
吸引着人们的视线和心灵，
她的微笑和温柔的话语
在我心中燃起热烈的爱情。
而另一个——把胡须和马刺
献上的只有一个骠骑兵！

① 特尔斐拉，诗中虚构的人物。

这样的人真是十分幸福——
我的柳德米拉到了黄昏，
就在僻静的角落等待他，
并且称他为“我的心上人”；
但是请相信，这样的人也幸福，
他远远地离开特尔斐拉，
甚至压根儿就不认识她。
不过，我们要说的不是这件事！
是谁在吹号？是谁在呼叫
魔王出来进行殊死的战斗？
是谁把魔王吓了一大跳？
鲁斯兰。他燃烧着复仇的火焰，
来到这个恶鬼的老巢。
勇士已经来到山脚下，
挑战的号角像猛烈的风暴，
性急的骏马奔腾跳跃，
强劲的马蹄把雪地猛刨。
公爵等着矮子。忽然间，
就像是一声巨雷轰顶，
一只无形的手在他的钢盔上
猛击一下，使他大吃一惊；
鲁斯兰抬起模糊的双眼，
看见那矮人黑海魔王
举着一把可怕的大锤，
往来飞行在他的头顶上。
他用盾牌抵挡，弯身避开，

挥起宝剑，向魔王刺去；
但魔王倏地蹿入云端，
消失了一会儿，又从高处
呼的一声向公爵猛扑攻击。
机智的公爵立即闪开，
魔王噗通一下跌落在
雪地上——在那里爬不起来；
鲁斯兰二话不说，立即
跳下骏马，向他猛扑过去，
牢牢地揪住他的胡子，
魔王哼哼叫着，竭力挣扎，
突然带着鲁斯兰飞去……
骏马眼看着他们飞走，
魔王已在云彩下飞翔，
英雄就吊在他的胡子上。
他们飞到阴沉的森林上空，
他们越过荒凉的峻岭险峰，
他们来到无底的海洋上面，
鲁斯兰的手已麻木不能动，
可他仍紧紧抓住魔王的
胡须，一点也不肯放松。
这时魔王已筋疲力尽，
对俄罗斯人的力量暗暗吃惊，
他狡猾地对骄傲的鲁斯兰
说道："请听我说，公爵，请听！
我决定不再加害于你，

我一向喜欢年轻人的勇敢，
我将捐弃前嫌，把你宽恕，
我愿意放下你，只要讲条件……”
“住嘴，你这狡猾的妖魔！”
勇士打断他的话，“对黑海魔王，
对你这折磨我妻子的人，
鲁斯兰没有什么可商量！
这无情的宝剑将惩罚强盗，
你就是飞到星星那边，
也要把你的胡子斩断！”
黑海魔王吓得魂飞魄散，
他又是气恼，又是伤悲，
这个疲惫不堪的矮人，
枉然甩着他的长胡须：
鲁斯兰丝毫不肯放松，
还不时扯扯他的胡子。
魔王带着英雄飞了两天，
第三天他只好告饶请罪。
“噢，好汉，请你发发慈悲，
我已奄奄一息，再没有力气，
饶我一命，我听你支配，
请你吩咐，降落到哪里……”
“现在你得听我的：哈哈，发抖了！
归顺吧，屈从俄罗斯人的力量！
把我带到柳德米拉那里去。”

黑海魔王乖乖地听了话，
带着英雄动身飞回家；
飞呀飞呀，一会儿就来到
他那险恶的群山底下。
这时鲁斯兰一手举起
战败的巨头那把宝剑，
一手抓住矮人的胡须，
把它像青草一样砍断。
“叫你知道我们的力量！”
他声色俱厉地说，“狗强盗，
你的美髯和力量在哪儿？”
他把白胡子往头盔上一绕，
他唿哨一声叫来了骏马，
快乐的马儿奔驰着回答，
勇士把半死不活的矮人
装进背囊，在马鞍后面悬挂；
鲁斯兰唯恐失去一分时光，
急急奔驰在崇山峻岭上，
到了，他心中高兴万分，
立即飞进魔王的厅堂。
一伙奇形怪状的黑奴，
一群战战兢兢的女仆，
远远看见扎着胡子的头盔，
那命中注定的胜利的证物，
个个都好像幽灵一样，
四散逃走，躲进了魔窟。

他单独走进辉煌的宫殿，
嘴里呼唤着可爱的亲人，
但是只有沉寂的厅堂
用回声来应答他的声音；
他心急如焚，难以忍耐，
打开通向花园的大门，
走啊，走啊，没看见亲人；
他惊慌不安地瞧瞧四方——
全死了一样：树林没声响，
凉亭没有人，无论是险滩，
还是小河两岸和谷地上，
都没有柳德米拉的踪迹，
耳朵里也听不见什么声响。
公爵身上掠过一阵寒颤，
眼睛里立刻失去了光芒，
头脑里出现阴暗的闪念……
“也许……糟了……这忧愁的女俘
已纵身……波澜……”他沉浸在
可怕的想象中。勇士低下头，
心里怀着难言的悲哀；
为难以抑制的恐惧而痛苦，
他像块石头，呆立不动；
他失去理智，绝望的爱情
使他愁肠寸断，燃起怒火，
痛苦和愤怒在血液中奔腾。
仿佛俊俏公主的身影

触动了他那颤抖的嘴唇……
突然，怒火中烧的勇士
冲进花园，到处飞跑狂奔；
他发疯般叫唤柳德米拉，
把岩石一块块推下山崖，
一切都在他的剑下摧毁，
凉亭和树木纷纷倒下，
树木和桥梁随波沉浮，
草原上的一切尽被践踏！
吼叫声、拆裂声和隆隆的响声
在远方的天际滚滚轰鸣；
到处是宝剑挥动的啸啸声，
妖娆的山林顿时残破凋零——
疯狂的勇士见物就毁，
把宝剑往左右两边挥舞，
朝空无一物的空中劈刺……
突然——无意中挥了一剑，
从看不见的公主头上打掉了
黑海魔王逃窜时的礼物……
魔法顿时失去了效力，
柳德米拉出现在罗网中！
勇士不相信自己的眼睛，
意外的发现使他喜不自胜，
他向朝思暮想的亲人
扑去，伏倒在她的脚下，
吻她的手，撕碎了罗网，

闪现着挚爱和欣喜的泪花，
他呼唤着她——可姑娘睡着，
紧闭着她的嘴唇和双眼，
而那幸福甜蜜的幻梦
却在她年轻的胸中激荡。
鲁斯兰瞧着她，目不转睛，
忧愁重新咬噬着他的心，
突然他听到熟悉的声音，
说话的是善良的芬兰老人：

“公爵，鼓起勇气，把酣睡的
柳德米拉带回家里去；
在心中充满新的力量，
你要忠于爱情和荣誉。
天雷将轰打世上的邪恶，
而过后就会风平浪静——
那时在阳光灿烂的基辅，
面对弗拉基米尔大公，公主
将会醒来，摆脱魔法的梦。”

鲁斯兰为这声音所振奋，
立刻把妻子抱在怀里，
轻轻地带着心爱的人儿，
离开这座高高的山峰，
往幽静的山谷底下走去。

鲁斯兰马鞍旁挂着矮人，
默默无言地奔驰在归途上，
他手里抱着柳德米拉，
她鲜艳得有如春天的霞光，
只把沉睡的安详脸蛋
轻轻靠在勇士的肩上。
荒野上的微风轻轻抚弄着
她那卷成圈圈的秀发；
胸中频频发出轻轻的叹息！
她那安详的脸蛋也频频
闪耀着嫣红玫瑰的光辉！
爱情和隐秘的梦想使她
心中浮起鲁斯兰的形象，
她嘴里发出困倦的低语，
把爱人的名字轻轻叨念……
鲁斯兰沉浸在甜蜜的醉意里，
捕捉着她那醉人的气息、
微笑、眼泪和微弱的呻吟，
捕捉着睡梦中胸间的呼吸……

这时我们的勇士马不停蹄，
不管是白天，不管是黑夜，
他都奔驰在高山和谷地。
到达目的地，路程还很远，
姑娘仍睡着。但年轻的公爵
胸中徒然燃烧着爱火，

难道说，他饱受痛苦愁绝，
只能把自己的爱人守护，
克制不知分寸的热望，
并且怀着纯洁的梦想，
从中去寻找幸福和欢畅？
有一个修士，他留给后代
一段真实的故事，在这里
传颂着我那可爱的勇士，
大胆地叫我们相信一个道理：
我也相信！如果不是平分，
欢乐就粗暴，令人痛苦，
只有共享，才是真正的幸福。
亲爱的牧女，在慵倦的春日，
你们静卧在芳草和树荫里，
做着各种如意的美梦，
它却不能和美丽公主的梦相比。
我记得有一块小小的牧场，
它在一座白桦林的中央，
我记得那个昏黑的傍晚，
我记得丽达①那诱人的梦幻……
噢，那第一次充满爱的亲吻，
颤抖的，轻轻的，有点儿性急，
可它没有驱走，我的朋友，
她那深沉甜蜜的睡意……

---

① 诗中虚构的人名。

然而够了，这些都是胡话！
我们何必把爱情回想？
关于爱的欢乐和痛苦，
我早就把它们全都遗忘；
现在我所关心的只是
公主、鲁斯兰和黑海魔王。

　他们面前是一马平川，
那里稀落地长着几棵云杉；
远方一座森严的山冈，
在明亮的蔚蓝色天空当中
露出黑魆魆的圆形峰巅。
鲁斯兰一看，心中早已明白，
他已来到巨头安身之处；
那匹快马奔驰得更快，
已经可以看出那怪物；
它用一只眼睛凝望着，
它的头发长在高高的头顶，
活像一座漆黑的森林，
他的两颊已失去活力，
脸上蒙着铅灰色的阴影，
他那巨大的嘴巴张开着，
巨大的牙齿咬得紧紧……
这半死的巨头即将死去，
它的末日已逐渐临近。
勇敢的公爵向他驰去，

抱着柳德米拉，背后拴着矮子。
他大喊一声：“你好，巨头！
我来了！你的背叛者已受到惩罚，
瞧吧，他在这儿，这该死的东西！”
于是公爵自豪的话语
一下子把这颗巨头唤醒，
一瞬间使他恢复了知觉，
他仿佛刚从梦中苏醒，
他一看，可怕地呻吟了一下……
一眼就认出了我们的勇士，
也吃惊地认出了他的胞弟。
他鼓起鼻子，红色的火焰
立即在他的两颊燃起，
他那将要死去的眼睛
表现出临终之前的怒气。
他气得不知如何是好，
只是无言地咬牙切齿，
接着用他僵冷的舌头，
对着弟弟喃喃责骂几句……
就在这个时刻，他长年的
苦难已经熬到了尽头：
额上片刻的火焰熄灭了，
艰难的呼吸已逐渐微弱，
他慢慢闭紧巨大的眼睛，
一会儿公爵和黑海魔王
都看到了他临死的一抖……

从此他进入了永恒的梦乡。
公爵默默地离开了巨头，
矮人在马鞍后索索发抖，
他不敢出气，也不敢乱动，
只是用他巫师的语言
虔诚地向魔鬼祷告求救。

在一条无名的小河旁边，
在昏暗的河岸斜坡上面，
在一片树林的清荫底下，
现出一座破屋的屋顶，
蓊郁的松树遮盖在它上面。
一条小河缓缓地流淌，
它翻动睡意蒙眬的波浪，
洗刷着旁边芦苇的篱笆，
在微风轻轻的絮语底下，
它绕着小屋淙淙地歌唱。
这里隐藏着一块谷地，
它幽暗而又荒无人迹，
似乎混沌初开的时候，
它就是如此宁静沉寂。
鲁斯兰勒住他的骏马。
周围是一片寂静安谧，
这时已经是黎明时分，
透过清晨的烟雾，谷地
和岸边的树林放射出光辉。

鲁斯兰把妻子放在草地上，
落坐在她身旁，轻轻地叹息，
带着甜蜜和无言的忧伤；
他突然看见，在他面前
飘来了一片普通的帆樯，
从那潺湲的河水上面，
他听到一曲渔夫的歌唱。
渔夫往波浪里撒下鱼网，
然后轻轻地划动双桨，
划向林木繁茂的河岸，
朝着他那宁静的草房。
善良的公爵鲁斯兰看见
小船渐渐地漂近河岸，
从那昏暗的小屋跑出个
年轻的姑娘；那苗条身段、
随意披散在肩上的秀发、
笑靥、双眸平静的流转、
那胸脯，还有裸露的肩膀，
都那么可爱，叫人迷恋。
只见他俩亲热地拥抱，
双双坐在凉爽的河岸，
这无忧无虑的闲暇与恩爱
一起降临到他们的身边。
但是我们年轻的勇士
暗暗称奇，他认出了什么人，
从这沉浸在幸福中的渔民？

原来是遐迩闻名的可萨汗王——
拉特米尔，他年轻的对头，
爱情和浴血战斗的敌手。
拉特米尔在这宁静的荒野
早把柳德米拉和荣誉忘记，
他在温柔的情侣怀抱中，
已经永远把这些抛弃。

　英雄向河岸走去。刹那间
隐居的汗王认出了鲁斯兰，
他站起，奔去，响起欢呼声……
公爵拥抱了年轻的可汗。
“我看见什么啦？”英雄问道，
“你为何来到这里，为何
扔下名扬四海的宝剑，
和那动荡的战斗生活？”
“我的朋友，”渔夫回答道，
“我的心已厌倦战斗的名声，
那不过是虚空与毁灭的幻影。
请相信：这些无害的嬉戏、
爱情和宁静安谧的树林
在我心里要甜蜜一百倍——
我不再渴求冲锋陷阵，
我已经不会狂热冲动，
我享有巨大实在的安乐，
我全忘记了，亲爱的伙伴，

全忘记了，连那柳德米拉的美色。”
“亲爱的汗王，我真是高兴！”
鲁斯兰说道，“她和我在一起。”
“真有这回事，你交了什么运？
我听到了什么？俄罗斯公主……
她和你在一起？她在哪里？
请……噢，不行，我怕会变心；
我那情人真叫我着魔；
是她改变了我的命运，
使我过得幸福又欢乐；
她是我的生命，她是我的幸福！
是她重新为我送来了
我的虚度的青春岁月、
纯洁的爱情和我的安乐。
一群迷人的年轻姑娘
许给我幸福，可是白费心；
十二个少女给过我爱情，
然而为了她，我离开了她们；
我抛弃了她们在繁茂的树林
清荫庇护下的欢乐的绣楼，
搁起了宝剑和沉重的头盔，
忘却了荣誉和众多的敌手。
成了个与世无争的隐士，
来到这幸福的僻静山地，
和你，可爱而英俊的朋友，
和你，我心灵的光明，欢聚！”

这时那可爱的牧女谛听着
两个朋友推心置腹的话语，
她向那汗王瞟了一眼，
面露微笑，频频地叹气。

渔夫和公爵坐在河岸，
一直谈到昏黑的夜晚，
嘴里说的都是肺腑之言——
不觉已飞走了不少时间。
树林已昏暗，山影已朦胧，
月亮升起了——一切都入眠，
英雄早就该动身上路，
鲁斯兰拿出一条被单，
轻轻裹住昏睡的姑娘，
他走近马儿，跨上了马鞍；
沉默的汗王若有所思，
他的心跟着鲁斯兰飞去，
嘴里祝愿他顺利和幸福，
祝愿他得到爱情和荣誉……
这时骄傲的少时的幽思
不由得悲哀地涌入心扉……

为什么命运之神注定
不让我变化无常的诗琴
只讴歌光辉的英雄业绩
和它那世界上无人知晓的

远古时代的友谊和爱情？
为什么忠于不幸的真情，
我这个诗人必须为后人
暴露种种罪恶和仇恨，
在我真实的诗篇里揭露
隐秘的背信弃义的恶行？

再说那心怀叵测的法尔拉夫——
追逐公主的卑鄙奸徒，
他对荣誉早失去兴趣，
为了等待纳伊娜，独自
潜入远方偏僻的去处。
得意的时刻终于来临。
那妖婆在他面前出现，
问问他：“你还认得我吗？
跟我走，快给马儿配上鞍！”
于是妖婆变成一只猫，
等到备好马，她就朝前跑，
法尔拉夫跟在她后面，
两人走上阴暗的林间小道。

寂静的谷地已进入梦乡，
谷地的上空云遮雾障，
夜幕里明月在云朵中穿行，
偶尔洒下片刻的清辉，
把一座山冈照得通亮。

山冈下默默坐着鲁斯兰，
像平常那样心怀怅惘，
待在沉睡的公主跟前。
他沉浸于深沉的思虑之中，
幻想在脑中频频飞腾，
不知不觉中，梦神已用
寒冷的翅膀把他戏弄。
公爵在困倦的睡意之中
用蒙眬的双眼看了下姑娘，
接着，疲乏的头低垂在
她的脚旁，他进入了梦乡。

　英雄做了一个不祥的梦：
他梦见，仿佛公主站在
一个可怕的深渊边上，
一动不动，脸色是那么苍白……
突然，柳德米拉消失不见，
只有他站在深渊旁边……
从寂静的深渊底下传来
熟悉的声音，求援的呼喊……
鲁斯兰奔向他的娇妻；
他在黑暗的深渊中疾飞……
突然他看见弗拉基米尔
安坐在高敞明亮的客厅里，
周围都是白发的勇士，
身边还有十二个儿子，

一群应邀而来的宾客，
在军事会议桌旁会聚。
年迈的大公极为愤怒，
像在那可怕的分别的一日，
在场的人都正襟危坐，
不敢打破客厅里的沉寂。
客人们不再说笑谈天，
大家也不再祝酒把盏……
他看见死于厮杀的罗格达伊
也坐在众多的宾客中间：
那死人像活着一样坐在那儿，
快活地举起冒泡的酒盏，
畅饮着美酒，一眼也不看
在一旁目瞪口呆的鲁斯兰。
公爵还看见年轻的汗王、
朋友和敌人……忽然响起
古斯理琴悠扬的乐声，
颂扬英雄与欢乐的歌手——
那明哲的鲍扬也唱起歌曲。
接着法尔拉夫走进客厅，
他和柳德米拉携手同行；
但年老的大公没有欠身，
只低着忧郁的头一声不吭，
公侯显贵都默默无言，
不动声色，脸上毫无表情。
一会儿梦幻消失——阴冷

拥抱住蒙眬睡去的英雄。
他沉重地陷入梦魇之中，
眼里流下痛苦的泪水，
他惊慌地思忖：这是一场梦！
他感到难受，可是啊，唉，
无法打断这不祥的幻梦。

　月亮微微照亮着山岭，
黑暗紧紧拥抱着树林，
山谷笼罩着死一般的寂静……
奸徒骑着马儿急急潜行。

　他面前展开一派平川，
他看见一座昏暗的小山；
鲁斯兰睡在柳德米拉脚旁，
马儿绕着山冈转着圈。
法尔拉夫战战兢兢地看着，
妖婆在云雾中渐渐隐去，
他的心颤抖着一阵阵揪紧，
缰绳从冰冷的手中掉落在地，
他不声不响地亮出宝剑，
心想不经过厮杀就一举
把这个勇士砍成两半……
他策马走近鲁斯兰。英雄的马
嗅到了敌人，焦躁不安，
又嘶鸣又跺脚，可是都白费！

鲁斯兰没听见，这一场噩梦
像块石头压在他心上！……
奸徒受到妖婆的支持，
可鄙的手用寒光闪闪的宝剑
对英雄的胸膛刺了三次……
接着他提心吊胆，抱着
珍贵的掳获物向远方急驰。

　昏迷不醒的鲁斯兰整夜
在黑暗中躺在山岭下边，
时光在飞驰。从发炎的伤口里
鲜血流得像小河一般。
早晨，他睁开迷糊的眼睛，
发出痛苦而微弱的呻唤，
他使尽力气，撑起身子，
看了一眼，垂下战士的头，
倒下去，没了气，也不再动弹。

第六歌

啊，我亲爱的朋友，你吩咐
我用轻快随意的诗琴
把那古代的故事歌咏，
并向忠实的缪斯献上
我那无价的清闲光阴……
亲爱的女友，你已经知道：
你的朋友曾和风传的流言
争辩，他沉醉在欢乐之中，
早已淡忘孤寂的劳作
和那亲切的诗琴的音响。
我陶醉于欢愉安乐的生活，
已不再迷恋音韵的游戏……
我和你相依为命，对盛名的
召唤已经失去了兴趣！
无论是虚构或甜蜜的思维，
这神秘的才能已把我抛弃；
只有爱情和对欢乐的渴望
才时刻搅乱我的心绪。

但是你吩咐，但是你欢喜
关于荣誉和爱情的传说，
我以前讲过的那些故事；
我的勇士，我的柳德米拉，
弗拉基米尔，妖婆和黑海魔王，
芬兰人无法排遣的悲哀，
这些都吸引了你的幻想；
你听着我的信口胡言，
有时微笑着合起双眼，
但有时却对着我这歌手
投来更亲切的温柔视线……
我拿定了主意；钟情的歌者
便重新拨动慵懒的琴弦；
我坐在你的脚旁，又弹唱
年轻公爵的离合悲欢。

　可我说到哪儿？鲁斯兰呢？
他死去静卧在荒凉的野地；
他的血已经不再流淌，
贪馋的乌鸦在他头上低飞，
号角沉默了，铠甲不动弹，
缠着胡须的头盔没了生气！

　马儿在鲁斯兰周围徘徊，
把它骄傲的头深深低垂，
它的眼睛失去了光芒！

金色的马鬃也不再翻飞，
它不再游玩，也不再奔腾，
只等着鲁斯兰从梦中苏醒……
但公爵已进入永恒的梦乡，
他的盾牌已久久没有敲动。

黑海魔王怎么样？他在马鞍旁，
装在背囊里，被妖婆忘记，
外边的事儿他一无所知；
他那么困倦、瞌睡和生气，
由于无聊而默默地咒骂
公主和我的年轻勇士；
他好久没听到一点声响，
便朝外面瞧了瞧——真希奇！
他看见勇士已被刺死，
直挺挺倒在鲜红的血泊里；
柳德米拉不在，旷野没有人，
这坏蛋乐得浑身发颤，
以为没了事儿，自由在望！
可是老矮人打错了算盘。

这时，在纳伊娜的庇护之下，
法尔拉夫带着沉睡的柳德米拉
正急急忙忙奔向基辅：
他飞奔着，满怀希望，又很害怕；
眼前出现熟悉的牧场，

第聂伯河的波涛在当中喧嚷，
他已看见城里的金色屋顶，
法尔拉夫已在城里奔忙，
大街小巷立即人声鼎沸；
男女老少个个色舞眉飞，
挤在一起，向骑士蜂拥而来。
人们赶去向父王报喜：
一会儿奸徒已在殿前侍立。

　这时候，弗拉基米尔太阳
正坐在高高的宫殿里面，
心里忧愁，像负着重荷，
在日夜的愁思中痛苦不堪。
王公贵族个个愁眉不展，
围着大公人人正襟危坐。
突然间他听到殿前传来
一阵奇怪的喧哗和吆喝；
接着宫门大开，在他面前
出现了一个陌生的军人；
大家窃窃私议，站了起来，
忽然人群骚动，纷纷议论：
“柳德米拉在这儿！是法尔拉夫？”
年老的大公茫然起立，
悲哀的脸色顿时改变，
他迈动艰难的步子，急急
奔向他那不幸的女儿，

他走到女儿跟前，想用
父亲的手摸摸他的爱女；
但可爱的姑娘没有反应，
她中了魔法，在凶犯手上
昏睡不醒，大家都瞧着
大公，等待着，好不惊慌；
于是老人家默默无言，
用不安的眼睛把勇士凝望。
可法尔拉夫狡猾地把手指
放在嘴上说："柳德米拉在沉睡，
不久前在牟罗马人[①]荒僻的
树林里我找到昏睡的公主，
她落在凶恶的树精手里；
在那儿我做了件了不起的大事，
和树精斗了三夜三日，
月亮三次升上了战场；
他倒下了，年轻的公主这才
昏睡着落到了我的手里；
谁能打破这个奇怪的梦？
她什么时候才能苏醒？
不知道——这是命运的奥秘！
只有希望和忍耐才能
使我们得到内心的平静。"

---

① 公元九至十二世纪居住于奥卡河下游的一个部族。

不幸的消息很快就传开，
全城的人都在纷纷议论；
城里的广场上沸沸扬扬，
聚满了形形色色的人群；
悲伤的绣楼向大众开放，
人流滚滚而来有如波浪，
公主躺在高高的卧榻，
身上盖着柔软的锦被，
仍然陷入深沉的梦乡；
旁边围着公侯和武士，
个个都愁眉苦脸；喇叭、
号角、提姆班[①]、古斯理、板鼓
拼命地吹打，年老的大公
愁肠寸断，已经很疲乏，
他默默地流下悲伤的眼泪，
把白头靠着柳德米拉；
苍白的法尔拉夫站在他身边，
他暗自后悔，好不苦恼，
浑身哆嗦，再不敢胡闹。

夜晚来临了。城里没有人
合上全无睡意的眼睛，
大家挤在一起纷纷议论，
谈着这件奇怪的事情；

① 古代一种打击乐器。

年轻的丈夫把自己的妻子
冷落在简陋的卧房之中。
但是弯弯的新月的清辉
刚刚在朝霞燃起前隐去，
整个基辅城又为新的事变
惊慌不安！到处在悲啼、
喧嚷和呼号。成群的基辅人
拥上城头，在那里聚集……
他们看见：迷蒙的晨雾中，
河对岸有无数白色的帐篷；
盾牌像火光一样闪烁，
骑兵在旷野上往来驰骋，
远处扬起黑色的烟尘，
一队队战车赶来参战，
山冈上燃起熊熊的火堆。
糟了：贝琴涅戈人①在暴乱！

　但这时能知未来的芬兰人——
他有力地统辖着所有的神灵——
正在自己宁静的旷野
平静地等待这一天的来临，
这一天他很早就已经预见，
它必然来到，这是命中注定。

---

① 东南欧突厥语系的古代民族。

在那荒僻而灼热的草原上，
在远方连绵不绝的高山那边，
那狂风和雷雨聚居的地方
——那里就连放肆的妖婆
也不敢在晚上偷偷看一眼——
有一道隐秘的美妙山谷，
山谷里流着两股水泉：
一股翻动着活水的波浪，
在乱石滩上娓娓地絮语，
还有一股死水在流淌。
周围静悄悄，风儿在睡觉，
春天的寒气吹不到这里，
百年老松停止了喧闹，
鸟儿不飞翔，麋鹿也不敢
在溽暑中喝这神秘的泉水。
从混沌初开，就有一对神灵
在这世界的怀抱默然
守护着树木葱茏的河岸……
有个隐士来到泉水旁，
带来两个空空的水罐，
神灵中断了长年的睡梦
赶快走开，心里惴惴不安。
隐士弯下身，把水罐放进
从未有人动过的水泉；
打满两罐水，消失在空中，
只那么一会儿工夫，他便

来到山谷里，在那儿的血泊中
无声无息躺着鲁斯兰。
老头儿站在勇士的身旁，
向他洒下了几滴死水，
伤口霎时间光滑闪亮，
尸体变得奇迹般美丽，
焕发着光彩。这时老头儿
又向英雄洒下了活水，
鲁斯兰立即精神饱满，
充满新的力量，青春的活力
在胸中激荡，他站了起来，
饥渴的双眼望着明朗的天，
往事在他眼前一一闪过，
像影子，像一场朦胧的梦幻。
但柳德米拉在哪儿？他一个人！
他的心紧缩着，好不焦躁。
忽然间勇士大喜过望，
芬兰人把他呼唤和拥抱：
“苦难已过去，噢，我的孩子！
等着你的是幸福和美满，
一席血宴正召唤你前去，
你威严的宝剑正预示着灾难，
基辅城将会歌舞升平，
在那里她会来到你面前。
你把这珍贵的戒指拿去，
用它轻触柳德米拉的脑门，

神秘的魔法将失去效力，
你的出现将使仇敌惊慌，
仇恨将埋葬，和平将来临。
你们的姻缘将十分美满！
我的勇士，我们将长久地分别！
让我们握手吧，我们的见面
要到另一个世界——决不会早些！”
他说完就没了踪影。鲁斯兰
兴高采烈，一句话也没说，
为美好生活他已获重生，
这时他举手把芬兰人欢送……
可是再也没听到什么！
旷野上只剩鲁斯兰一个人；
蹦跳着，马鞍旁带着矮人，
他的骏马再不能等待，
它扬起马鬃，嘶鸣飞奔，
公爵准备好，跨上马鞍，
他神采奕奕，勇猛强壮，
飞驰过森林，飞驰过平原。

　　但是这时候被围的基辅
呈现出一幅什么样的景象？
那里的民众都垂头丧气，
把眼睛盯着前面的战场，
他们站在塔楼和城头，
惊恐地等待上天的惩创；

家家户户都胆怯地呻吟，
广场上充满恐怖的寂静，
弗拉基米尔坐在女儿身旁，
独自悲伤地求上天怜悯；
他那群勇猛的骑士率领着
各路公侯的忠实卫队，
准备投入浴血的战役。

　这一天终于来到。敌军
一清早就成群离开山冈，
一支凶悍无比的军队
从平原上浪潮一般涌来，
一起冲向基辅的城墙；
城里也哒哒地吹起了喇叭，
战士们集合起来，迎面
冲向剽悍凶顽的敌军，
两军相遇，开始了恶战。
战马感受到死亡，奔腾着，
宝剑向敌军的铠甲砍去，
成片的利箭呼啸着飞起，
战场上顷刻间鲜血淋漓；
骑兵闪电般成群驰过，
双方的骑兵在一起混战，
两军的队列密集像城墙，
面对面厮杀猛打猛砍；
那边步兵和骑兵在格斗，

那边受惊的战马在狂奔，
俄国人和贝琴涅戈人纷纷倒下，
那边在呐喊，那边在逃命，
那个被铁锤一下子打翻，
那个被飞来的利箭射穿，
另一个已被盾牌压倒，
又给狂奔的战马踩烂……
战斗一直延续到黑夜，
双方直打得胜负难分，
在血肉模糊的尸堆下面，
战士们合上困顿的双眼，
战斗中的梦是多么深沉；
只有偶尔从激战的沙场上
传来伤兵痛苦的呻吟
和俄罗斯勇士祈祷的声音。

早晨的阴影逐渐消散，
河上的波浪泛着银光，
开始了晦暗阴沉的一天，
在那迷雾朦胧的东方。
山冈和森林已清晰可见，
天空渐渐从睡梦中醒转，
在暂未交战的宁静时刻，
战场还休憩在深沉的梦乡；
忽然梦被打断：敌营里
掀起一片惊慌的喧嚷，

响起意外厮杀的叫喊，
基辅人的心都感到恐慌；
大家纷纷跑出来观看，
于是看到敌人的营地上
一个神奇的武士骑着马，
身上的铠甲火焰般闪亮，
像狂风骤雨，往来劈刺，
飞驰中号角吹得震天响……
那是鲁斯兰。我们的勇士
像天雷落在异教徒身上，
他把矮人系在马鞍后面，
在惊慌的敌营搜索兵将。
不管可怕的宝剑挥到哪里，
不管暴怒的骏马奔到何方，
所到之处人头纷纷落地，
敌兵一排排惨叫着覆亡；
浴血的战场顷刻之间
堆起血肉模糊的人山，
有活着的、压死的、无头的官兵，
有成堆的甲胄、长矛和利箭。
斯拉夫人的骑兵响应
嘹亮的号声和战斗的呐喊，
踏着勇士的足迹冲上去，
厮杀……要叫异教徒完蛋！
贝琴涅戈人惊惶万状，
袭击基辅的狂暴兵将

呼喊着四散逃跑的马匹，
再没有胆量进行抵抗，
在烟尘飞扬的战场嚎叫着，
纷纷逃避基辅人的宝剑，
他们都注定要进地狱，
俄国人的宝剑正惩罚他们；
基辅在欢呼……但勇猛的骑士
却在城里飞快地奔驰，
手里握着胜利的宝剑，
剑尖像星星闪耀着光辉；
青铜铠甲上流下了鲜血，
长须在头盔上随风飘扬，
他疾驰在喧闹的大街，奔向
大公的宫殿，满怀着希望。
民众沉浸在狂喜之中，
欢呼着聚集在他的周围，
喜悦使公爵精神百倍。
他走进阒然无声的绣楼，
柳德米拉正在那里昏睡，
弗拉基米尔愁容满面，
站在她的脚旁，精神萎靡。
他独自站在那里，朋友们
都奔上血腥的沙场杀敌。
法尔拉夫伴着他，避开敌人的
宝剑，无心去争取荣誉，
他并不关心敌营的惊慌，

独自站在门旁当守卫。
这个坏蛋一认出鲁斯兰，
立即手足冰凉，目光黯淡，
张大嘴巴说不出话来，
他丧魂落魄，跪倒在地……
背信弃义，就该受惩办！
但鲁斯兰想起神秘的戒指，
立即飞向沉睡的柳德米拉，
那颤抖的右手拿着戒指，
轻轻触动她安详的脸颊……
奇迹出现啦：年轻的公主
叹口气，睁开了明亮的双眼！
看起来，好像感到惊奇：
竟有这样漫长的夜晚；
似乎是，她做了一个什么梦，
朦胧的幻影把她惊扰。
突然，她认出，这是鲁斯兰！
于是公爵投入美人的怀抱……
鲁斯兰胸中又燃起火焰，
什么也没听见，什么也没看到，
老人高兴得说不出话来，
痛哭着把两个亲人拥抱。

　我如何结束这长长的故事？
我亲爱的朋友，你定能猜出！
老人不再没来由地生气，

法尔拉夫在鲁斯兰跟前俯伏，
对着大公和柳德米拉供认
自己的无耻和罪恶的企图；
快乐的公爵饶恕了他；
那矮人已失去他的法力，
被宽恕留在宫廷里边；
为了欢庆灾难已成过去，
弗拉基米尔在轩敞的客厅
为全家摆开了丰盛的酒席。

　这事发生在很久以前，
远古以来就代代相传。

尾　声

我这世界上冷漠的居民，
在这欢乐寂静的怀抱中，
用我这把顺从的诗琴
把缥缈古代的故事传颂。
我歌唱着——于是忘却了
飘忽的命运与仇敌的欺负，
忘却了轻佻的多丽达[①]的负心
和愚人们喧闹谤言的侮辱。
我的智慧插上虚构的双翼，
正向着天涯海角飞去，
而携带无形风暴的乌云
也同时在我的头上聚集！……
我随时都会死去……那最初
沸腾岁月的神圣保护者，
噢，友谊，我痛苦灵魂的

① 多丽达，诗中虚构的人物。普希金在这一时期写有《给多丽达》等诗，可参见。

亲切而体贴入微的安慰者！
你向暴风雨祈求平静，
你把安宁还给我的心，
那热血沸腾的青春的偶像——
自由，你为我细心保存！
被世人和公众的议论遗忘，
远远离开涅瓦河两岸，
现在我来到这里，看见了
高加索一座座骄傲的峰峦。
我登上群山巍峨的顶峰，
在悬岩中间的斜坡上立定，
心中翻腾着无言的情感，
领略着这荒野沉郁的大自然
呈现的绮丽迷人的奇景；
我的心灵像从前一样，
时刻充满愁人的思绪——
但熄灭了，我心中诗情的火焰。
我徒然搜索自己的记忆，
但那诗兴蓬勃的时期、
陶醉于爱情和美梦的日子
和充满灵感的时刻都已逝去！
短暂的狂欢日子过去了——
那司掌宁静赞美诗的女神
也离我而去，永远消遁……

高加索俘虏

中篇小说

1820—1821

献　词

献给尼 · 尼 · 拉耶夫斯基①

我的朋友，请你带着微笑
接受这自由缪斯的献礼：
我要把被放逐诗琴的歌唱
和充满灵感的闲暇献给你。
当我无辜而忧闷，慢慢地憔悴，
从四面八方听到诽谤的闲言，
当爱情的噩梦如此沉重，
当背叛的匕首寒光闪闪，
都令我苦恼和消沉的时候，
我在你身边还能找到安恬；
我的心得到安息——我们彼此相爱：
我头上的风暴也停止了肆虐，
我在这宁静的港湾向诸神致谢。

① 尼 · 尼 · 拉耶夫斯基（1801—1843），骑兵上将，卫国战争英雄尼 · 尼 · 拉耶夫斯基的儿子，普希金的好友，少将。

在那些悲伤离别的日子里，
我那些闷闷不乐的诗句
又让我常常想起高加索，
在那里阴沉的别什图[1]——巍峨的隐士，
统辖所有阿乌尔[2]和田野的五峰
成了我的新的帕尔纳索斯。
我怎能忘却那怪石嶙峋的山峰、
潺潺的泉水、草木凋萎的平畴、
暑热的荒野和那些地方，在那里
我们曾畅谈心中青春的感受；
在那里剽悍的盗贼在山间劫掠，
而深山虽然寂静无声，
却藏匿着荒野的灵感之神？
在这里你也许能找到心中
感到亲切日子的回忆，
那些不同于激情的体验，
你所熟悉的梦想、熟悉的苦痛
和我心中隐秘的话语。
我们分别走向生活：在宁静的环境中，
你这翘秀少年才刚刚成长，
便跟随英雄的父亲，冒着敌人的
箭雨，骄傲地奔向浴血的战场。
祖国百般亲切地抚爱着你，
像抚爱可亲的殉难者、忠实的希望之光。
我早就尝够悲哀，遭受迫害；
我是诽谤和好报复的愚人的牺牲；

但自由和忍耐使我的心愈加坚定，
　我欣然等待更美好的时日；
　而我众多朋友的幸福
　则是我的甜蜜的安慰。

第一部

山村里，几个得闲的契尔克斯人
坐在自家屋子的门槛上。
高加索的男儿们一起谈论着
兵荒马乱中殊死的较量，
谈论着膘肥体壮的骏马、
山野中安乐生活的欢畅；
他们回忆着已往日子里
那些不可抗拒的袭击、
狡猾的乌兹金[3]的欺诈勒索、
他们那残酷军刀[4]的劈刺，
还有那百发百中的飞箭、
化为灰烬的被毁的村庄
和黑眼睛女俘的柔情蜜意。

寂静中谈话似水流去；
一轮明月在夜雾中飘浮；
突然一个契尔克斯人
从面前驰过。他用套马索

飞快拖来个年青的俘虏。
强盗高喊：“是个俄罗斯人！”
山村听见了他的喊声，
聚拢来一群残暴的山民；
但俘虏冷漠而缄默无言，
像具死尸，一动也不动，
他已被打得鼻青眼肿。
他没有看见敌人的面孔，
没有听见威吓和叫喊，
他只感到毁灭的寒冷，
他头上萦绕着死亡的梦幻。

　年青的俘虏久久地躺着，
他的神志严重地昏迷。
已是正午时分，他头上
闪耀着白昼的欢乐光辉；
他的生命又在身上苏醒，
嘴里吐出含混的呻吟，
他的肌体已被阳光晒暖，
不幸的人微微抬起了身。
虚弱的眼睛四下里看了看……
他看见：高不可攀的大山
巍然耸立在他的身旁，
还有这强盗部落的巢穴、
契尔克斯不受约束的栅栏。
青年想起了自己的被俘，

像一场惊心动魄的噩梦，
他还听见：戴着脚镣的
双脚发出哐啷的响声……
可怕的声音说明了一切；
他眼前骤然天昏地暗。
永别了，永别了，神圣的自由！
他成了奴隶。
　　　　　　他躺在屋[5]后
荆棘编成的篱笆旁边。
契尔克斯人上田野去了，没人看管，
空荡荡的阿乌尔寂静一片。
在他眼前，空旷的原野
像一块碧绿青翠的地毯；
在那里，群山连绵不断，
矗立着一座座相似的峰巅；
山岭间有一条孤零零的道路，
向着阴沉的远方伸展，
一股痛彻心肺的思绪
翻腾在年青俘虏的心间……

　漫长的道路通向俄罗斯——
通向故土，他快活骄傲地在那里
开始火热的青春岁月，
在那里他领略最初的欢愉，
在那里他尝过许多赏心乐事，
在那里他经历过可怕的磨难，

在那里急骤的生活摧毁了
他的希冀、欢乐和心愿，
把对美好日子的回忆
深藏在他那凋敝的心田。

　他深深领教了世人与人世，
懂得了多变人生的价值。
在爱情的幻想中做过噩梦，
在朋友的心中发现过负义，
早已叫他蔑视的浮华生活、
两面三刀和信口诋毁
使他付出了太多的牺牲，
如今他不愿再白白受罪，
尘世的背弃者，自然的朋友，
他抛下自己故乡的土地，
对自由怀着快活的幻想，
奔向千里之外的边陲。

　自由！在这冷寂的世界，
他还在寻求的只有你一个。
他用刺激扑灭了感情，
对幻想和诗琴已逐渐冷漠，
他怀着激动的心情聆听着
那些被你激发的歌唱，
带着信念和热烈的祈求
拥抱你这骄傲的偶像。

全完了……他再也看不见世界上
有什么可作为希望的目标。
连你们，最后的一些幻想，
连你们也从他身边溜掉。
他是个奴隶。把头靠在石头上，
他等待着悲惨人生的火焰
随着黯淡的晚霞熄灭，
渴望着在阴凉的墓地长眠。

落山的太阳已渐渐黯淡，
远处响起人群的喧嚷。
山民从田野返回阿乌尔，
雪亮的镰刀闪着光芒。
到家了。家家户户点起了灯，
于是此起彼落的喧闹
渐渐静息；在幽暗的夜色中，
一切都为宁静安逸拥抱；
山间的清泉在远处闪亮，
从陡峭的悬崖倾泻而下；
高加索进入梦乡的群峰
披着层层云雾的轻纱……
但在溶溶的月光下，是谁
在万籁俱寂的沉静之中
悄悄地一步一步走来？
这个俄罗斯人立刻清醒，
他面前是一个契尔克斯女郎，

《高加索俘虏》（铜版画）И. А. 伊万诺夫 绘　И. В. 切斯基、С. Ф. 卡拉克济奥诺夫 刻　1824年

在问候他，眼睛里默默含情。
他默默无言地望着女郎，
心里寻思：这是个梦幻，
是麻木感情的虚妄游戏。
她带着高兴而哀怜的笑脸，
披着一身淡淡的月光，
一只脚跪在他的跟前，
端着一碗清凉的酸马奶[6]
轻轻地送到他的嘴边。
但他忘记了这有益的饮料，
他那饥渴的心灵在捕捉
那愉快话语的迷人声音
和这妙龄女郎的秋波。
他听不懂这异乡的话语；
但亲切的目光、两颊的红晕，
但这温柔的声音在对他说：
活下去！于是俘虏精神一振。
他竭尽全身仅有的力气，
听从女郎亲切的嘱咐，
抬起身来——用这碗有益的吃食
消解了饥渴带来的痛苦。
接着他又把沉重不堪的
脑袋靠在那块石头上，
但那黯然无光的眼睛
仍然注视着契尔克斯女郎。
而她则久久地久久地坐在

俘虏的面前，若有所思，
仿佛要用她默默的同情
向俘虏表示她的安慰；
她的嘴唇时刻都不由自主地
张开，但几次都欲言又止，
她频频地叹气，在她的眼中
不止一次含满了泪水。

　日子影子般一天天消逝。
俘虏戴着镣铐在深山中
伴随着畜群苦度时日。
夏天的暑热中是那山洞里
潮湿的凉气给予他阴凉；
当一钩闪着银光的残月
在幽暗的山岭背后照亮，
契尔克斯女郎便从树影婆娑的
小径给俘虏带来酒浆、
酸马奶、芬芳扑鼻的蜂蜜
和雪白的黍米煮成的粥饭；
她和他分享秘密的晚餐，
多情的目光投在他身上；
她和他谈话，用难懂的话语，
掺和着手势和晶莹的目光；
她为他高唱山里的歌谣，
和幸福的格鲁吉亚的小曲[7]，
还把她那异族的语言

《高加索俘虏》 K. A. 克列门齐耶娃 绘 1949 年

交给他那急于接受的记忆。
她第一次以那少女的心灵
爱着一个人，饱尝着欢乐；
但这俄罗斯人早已厌倦了
青春年华时的放浪生活。
他不能用他的心灵回答
女郎幼稚而坦率的爱情——
也许，他害怕重新想起
那已经淡忘的爱情的旧梦。

我们的青春并非突然凋萎，
欢乐也不是突然扔掉我们，
我们还不止一次地拥抱
那些从天而降的喜讯：
可是你们，鲜明的印象，
那些最初萌动的情爱，
令人心醉的天堂的火焰，
你们却没有重新飞来。

看来，这个绝望的俘虏
已经习惯于凄凉的生活。
他在心间深深地埋藏起
被俘的苦恼和骚动的燥热。
在清晨寒风飕飕的时刻，
他踯躅在阴森的山岩之间，
把他好奇的目光投向

那些灰白、粉红和湛蓝，
矗立在远方的山峦峰巅。
多么雄伟壮丽的景象！
这是些长年积雪的宝座，
那些山峰看起来宛如
一连串凝然不动的云朵，
苍茫雄伟的厄尔布鲁士，
群山环抱中的双峰峻岭，
戴着光芒四射的冰冠，
在蔚蓝色的天空中洁白晶莹。[8]
当暴风雨的前奏——巨雷鸣响，
并和沉浊的回声汇合，
俘虏就常常坐在山上，
凝然不动地俯视着阿乌尔！
他的脚下翻腾着乌云，
草原上卷起了漫天的烟尘，
一头受惊的麋鹿在山岩中
寻找合适的地方栖身；
雄鹰从悬岩上纷纷腾起，
在广阔的天空中啼叫呼应，
马群的嘶声、牛群的鸣叫，
都消失在风暴的呼啸之中。
暴雨和冰雹骤然从乌云里
夹着雷电向谷地倾倒：
雨水汇成急流滚滚而下，
浪涛冲击着悬崖陡坡，

把一块块千年巨石卷走——
而俘虏处身于雨云之外，
独自一个在山岭的峰巅
等待着太阳重新照耀，
雷雨打不到他的身边，
他怀着某种欢乐的心情，
倾听着风暴无力的呼喊。

　但是这个奇异的民族
吸引着欧洲人的全部注意力。
俘虏在山民中间观察着
他们的信仰、风俗和教育，
喜欢他们朴实的生活、
待客的殷勤、对战斗的渴望、
无拘无束的迅疾的行动、
敏捷的腿脚和有力的手掌；
他一连几个小时注视着
灵巧的契尔克斯人有时
戴着羊皮帽、披着黑斗篷，
在辽阔的草原和山野奔驰，
那人俯身伏在鞍桥上，
匀称的双脚踩着马镫，
听任胯下的快马飞跑，
在训练中预先学会战争。
俘虏情不自禁地欣赏他那
战时和平时服装的美丽。

契尔克斯人全副武装，
并以此为荣，以此自慰；
他披着铠甲，带着火枪、
箭袋、库班弓、套马索、短剑
和军刀——他劳动和闲暇时刻
从不离开的永久的伙伴。
重荷没让他感到负担，
步行、骑马不发出声响，
他总是一个模样，是那么
不屈不挠，是那么坚强。
无所顾忌的哥萨克的威胁，
骏马是契尔克斯人的财产，
山野马群繁衍的后代，
忠实而又耐心的伙伴。
狡猾的强盗带着马儿，
隐藏在山洞或荒凉的草地，
看见旅人便倏地冲出，
像一支突然离弦的飞矢；
刹那间有力的打击一举
解决了万无一失的战斗，
飞出的套马索已经拉着
旅人来到深山的隘口。
骏马以最快速度飞驰，
充满了烈火一般的豪气；
到处是它的道路：沼泽、
松林、树丛、悬崖和谷地。

它身后留下一道血迹，
马蹄声在旷野嘚嘚鸣响；
白花花的急流在前面喧闹，
马匹飞向滔滔的白浪；
旅人被投入深深的河底，
吞下一口口浑浊的波浪，
他浑身瘫软，只求一死，
而死亡就在他的眼前……
但强壮的马儿又箭一般把他
拖上泡沫飞溅的河岸。

　　在那没有月亮的夜晚，
黑暗笼罩着周围的山冈，
契尔克斯人抓住被雷雨
冲进河里的根须横生的树桩，
他在千年老树的树根
和枝条上面到处挂上
他那些打仗时使用的装备：
盾牌、斗篷、强弓和箭囊，
铠甲和头盔。然后这个
不知疲倦和缄默的人
便纵身跳进湍急的波浪。
夜静更深。河水在咆哮；
顺着荒凉僻静的河岸，
汹涌的激流把他送走。
河岸上，哥萨克在高耸的山峦，

手持长矛俯身注视着
急急奔流的昏暗的大河，
强盗的武器却在夜色中
从他们的身旁悄悄漂过……
你在想些什么，哥萨克？
你在回忆从前的战斗？
回忆决死场上的露营？
回忆军团中赞颂的祈祷
和故乡？……真是个误事的梦！
别了，自由自在的哥萨克镇、
父辈的故园、静静的顿河、
窈窕美丽的少女和战争！
偷渡的敌人已游到河岸，
利箭已经抽出了箭囊，
离了弦——于是哥萨克倒下，
从那鲜血淋漓的山冈。

　有时候，在阴雨连绵的日子，
契尔克斯人在祖传的屋子里，
和融融的一家闲坐聊天，
火炉里微弱的炭火将熄。
一个旅人在山野中耽误
时辰，他跳下忠实的骏马，
疲惫的来客走进他家中，
小心翼翼在火炉旁坐下——
这时殷勤好客的主人

站起来亲切地问候来客，
用芬芳四溢的酒杯给他
端来令人高兴的契希尔[9]。
在冒烟的屋里，盖着潮湿的斗篷，
旅人享受着静谧的梦幻，
第二天早晨，他离开了这个
热情招待他夜宿的庭院。[10]

通常，在充满欢乐的拜兰节[11]，
青年们成群聚集在一起，
做着各种快乐的游戏。
有时，解开满满的箭囊，
他们取出成把的羽箭，
把一只只鹰隼射下云端；
有时，匆忙地排成队列，
只听得一声令下，便突然
奔下高峻陡峭的山顶，
像鹿群冲下广阔的平原，
他们扬起漫天的烟尘，
在整齐的马蹄声中飞驰向前。

但他们的心是为争战而生，
过不惯平静单调的生活，
因而快乐自由的游戏
常为残酷的玩乐打破。
饮宴中常发生疯狂的举动，

军刀可怕地闪起亮光，
于是奴隶的头纷纷落地，
孩子们则高兴得欢呼鼓掌。

但俄罗斯人无动于衷地看着
这些鲜血淋漓的娱乐，
他爱过追逐荣誉的游戏，
心中燃烧过对死亡的饥渴。
这个追求无情荣誉的人，
明知结局已近在眼前，
却坚强而冷峻，准备在决斗中
去迎接那颗致命的铅弹。
也许，他专心致志地沉思着，
回忆起当时那一段华年，
那时，他坐在朋友们当中，
和他们在震天的闹声中欢宴……
也许，他在惋惜以往的岁月，
那欺骗了他的希冀的时日……
也许，他那么好奇，正观察着
凭残酷的本性所做的游戏，
在这面忠实的镜子里看到
这个野蛮民族的风尚，
并把他内心发生的震动
在深深的沉默之中隐藏，
而在他高高的额头上面，
却看不到任何情绪的反常；

对他那面不改色的勇气，
凶残的契尔克斯人都感到惊奇，
他们原谅他年轻无知，
私下里纷纷轻声地议论，
为捉到这俘虏而洋洋得意。

第二部

山野的少女，你已经领略
内心的欢乐、生活的甜蜜；
你那火热纯真的目光
总是流露出爱情和欢愉。
当你的朋友在漆黑的夜色中
默默含情地吻着你的时候，
你心里总燃烧着柔情和希望，
把整个世界都抛在脑后，
你对他说："亲爱的俘虏，
把忧郁的目光变得欢快，
忘记你的自由和故乡，
把你的头埋进我的胸怀。
我心灵的主宰，我愿和你
在僻静的山野中隐姓埋名！
爱我吧，至今还没有一个人
爱恋地亲吻过我的眼睛；
黑眼睛的契尔克斯青年
也从未在夜深人静的时刻

悄悄接近我孤独的眠床；
我向来是个厉害的姑娘，
谁也别希图我的美色。
我知道已为我安排的命运：
严厉的父兄为了黄金，
想把我卖到另一个阿乌尔，
给一个我不喜欢的男人；
但我要求父兄改变主意，
要不然我就服毒或自刎。
一种难言的奇妙的力量
把我整个儿吸引到你身上，
我爱你，我的亲爱的俘虏，
我的心为你而沉醉激荡。”

　但他怀着默默的怜悯，
看着这个热情的少女，
沉重的思虑充满着心间，
他倾听着她表白爱情的话语。
他走神了。他回想着以往的岁月，
忆念充斥了他的心灵，
有一次，眼泪甚至雨水般
一颗颗滚下他的眼睛。
他心中像铅块一样压着
对于这无望爱情的苦恼，
他终于对这年轻的少女
倾吐心中备受的煎熬。

"忘记我吧，我不值得你爱，
不值得你倾注热烈的情意。
别为我白费可贵的光阴，
你应该去追求另一个小伙子。
他的爱情会为你拂去
我心里那种可悲的冷淡；
他会忠于你，他会珍爱
你的美貌、你迷人的流眄，
你那少女亲吻的热情
和炽烈的话语中包含的爱怜；
没有迷恋，也没有愿望，
成为爱情的牺牲，我将凋残。
你会看到这不幸爱情的后果，
内心风暴的可怕伤痕；
抛下我吧，但请你可怜
我这悲惨凄楚的命运！
不幸的朋友，你为什么
没早些出现在我的眼前？
那时候，我还怀着希望，
怀着令人陶醉的梦幻！
但太晚了：我不再为幸福而存在，
希望的幻影已经飞去；
你的朋友已久疏情爱的欢乐，
不能感受爱情的甜蜜……

"多么难堪哪：用冷淡的嘴唇

去回报热情洋溢的亲吻；
多么难堪哪：用冷冷的笑容
去迎接热泪盈眶的眼睛！
忍受徒然嫉妒的痛苦，
让麻木不仁的心灵睡去，
在热情的女友怀抱中思念
另一个女人，又多么伤悲……

“当你这样缓慢而多情地
痛饮我的亲吻的时候，
欢爱的时刻对于你竟是
如此飞快而平静地驰过；
这时，在寂静中吞咽着眼泪，
我是如此茫然而悲痛，
就像处身在梦境中一样，
看见那永远可爱的倩影；
我呼唤它，向它急驰而去，
我没看到，没听见，默不作声；
在神情恍惚中投身你的怀抱，
拥抱的却是那秘密的幻影。
我为它在荒野流下眼泪；
它和我在一起到处流浪，
在我这孤寂的心灵当中，
它注入了思念而令人忧伤。

“把我的镣铐，孤寂中的梦想，

我的忧愁、眼泪和忆念
都给我留下吧：所有这些
你都无法和我共同分担。
你已听见我内心的自白；
别了……让我们握手告别。
冷静的分手不会长久地
让恋爱的女性忍受伤悲；
恋情淡薄了，会感到寂寞，
美人儿又会爱上另一个。”

　张开着双唇，欲哭无泪，
妙龄的少女静坐在那里。
凝然不动而迷茫的目光
流露出她那无言的责备；
她浑身颤栗，苍白得像幽灵；
把她那冰冷冰冷的手
放在她的情人手心里，
终于在她悲怆的话语中
倾吐出心中爱情的忧愁：

　“哦，俄罗斯人，俄罗斯人，
我不了解你的心，为什么
却把自己永远交给了你！
在甜蜜的醉意中少女并没有
在你的怀里憩息多久；
命运并没有给她送来

多少欢乐幸福的良宵!
这良宵啊，何时还能再来?
难道说欢乐就从此中断? ……
俘虏啊，你本可以骗骗
我这未经世故的少女，
哪怕是单单出于怜悯，
假装亲热，把真情隐讳，
我也可以用多情和温顺的关心
让你得到一点点欢愉;
我还可以守护苦恼的朋友，
让你好好安睡，让你得到安谧;
你不想这样做……可她是谁，
你那品貌双全的女友?
俄罗斯人，你爱她? 她爱你? ……
我明白你的苦恼和难受……
请你原谅我的哭泣吧，
请不要嘲笑我心中的哀愁。”

　她停住话语。眼泪和呻吟
让可怜的少女难以呼吸。
嘴里无言地发出怨诉。
她悲痛欲绝，抱住他的双膝，
好不容易才喘过一口气。
这时俘虏轻轻地用手
扶起不幸的少女，对她说:
“别哭泣，我同样时运不济，

尝够了内心痛苦的折磨。
不，我没尝过相互的爱恋，
我独自钟情，我独自凄切；
我像一堆被遗忘在谷地的
篝火，冒着烟，就要熄灭；
远离瞩望的彼岸而死去，
这一片草原就是我的坟地，
在我这逐客的白骨上面，
沉重的锁链将会锈蚀……”

夜空中的繁星渐渐隐去；
依稀可辨的远方显出
白茫茫的巍峨雪山的轮廓；
低垂着头，收敛了目光，
他们默默地各走自己的路。

从此以后，忧郁的俘虏
便常在阿乌尔周围独自漫步。
一天过尽，炎热的天边上空，
朝霞又把新的一日推出；
夜晚一个个相继逝去；
他枉然饥渴地期待着自由。
无论是岩羚羊从树丛中闪现，
无论是赛加羊在黑暗中跳过，
他都一阵激动，碰响锁链，
他等待着，是不是哥萨克来临——

那阿乌尔的夜晚的毁灭者，
奴隶的勇猛无畏的救星。
他呼唤……但周围寂然无声，
只有浪涛在猛烈地拍击，
而野兽发觉有人靠近，
便向黑暗中的旷野逃去。

　有一次被俘的俄罗斯人听见，
山里响起出击的喊声：
“追上马群，追上马群！”奔跑，喧哗；
带铜饰的笼头响个不停，
斗篷闪着黑影，铠甲发出寒光，
备好鞍鞯的马匹在跳腾，
整个阿乌尔在准备出征，
这些惯于征战的野蛮人，
像山洪一样涌下山岭，
在库班河岸上拼命奔驰，
去收集强行夺取的贡品。

　阿乌尔静息了；许多看家狗
都在门前的阳光下睡觉，
黝黑的孩子们光着身子，
在蹦蹦跳跳的游戏中喧闹；
他们的爷爷围坐一圈，
烟杆上飘起一缕缕青烟。
他们一声不响地倾听

年轻姑娘们熟悉的歌唱，
老人都一个个变得年轻。

契尔克斯人的歌

一

　隆隆的巨浪在河里奔腾，
深夜的山野一片寂静，
伏身在钢打的长矛上面，
疲乏的哥萨克已经入梦。
别睡觉，哥萨克：在漆黑的夜晚，
车臣人在河那边潜行。

二

　哥萨克乘着一条小船，
拖着鱼网在河道中划动。
哥萨克，你会沉入河底，
就像大热天里的孩童
游水时沉入河底一样：
车臣人在河那边潜行。

三

　在禁止逾越的界河岸上，
富裕的哥萨克镇是如此繁荣，
人们正跳着快乐的环舞。
快跑呀，美人儿，快返回家中，

快跑呀，唱歌的俄罗斯姑娘：
车臣人在河那边潜行。

　少女们歌唱着。俄罗斯人
坐在岸上，巴望着逃跑出去；
但俘虏的锁链是如此沉重，
深深的河水又如此湍急……
已是入夜时分，草原睡着了，
山峰显得阴暗而朦胧，
月亮的惨白光辉闪耀在
阿乌尔的白色农舍上空；
麋鹿在小河边上打盹，
鹰鹫停止了傍晚的号叫，
远处马群奔跑的蹄声
在荒山野岭中沉浊地萦绕。

　这时响起一阵脚步声，
少女的披纱闪了一闪，
原来是她，忧郁而苍白，
渐渐走近了他的身边。
美人儿的双唇正斟酌着话语；
双眼充满了深深的惆怅，
宛如黑色的水波，一头秀发
披散在她的双肩和胸膛。
一只手里锯子闪着银光，
另一只手握着她的匕首，

少女仿佛去创建功勋，
正在走向秘密的战斗。

“逃吧，”山野的少女说道，
她向俘虏抬起了双眼，
“契尔克斯人不会碰上你。
快点；别白费夜晚的时间，
拿着我的匕首：你的行踪
在黑暗中谁也不会发现。”

手里拿着锯子，颤抖着，
她对着他的双脚俯下身：
镣铐在锯子下吱吱作响，
不由自主的泪水滚滚而下，
锁链落下来，哐啷响了一声。
“你自由了，”少女对他表明，
“逃吧！”但她失去理智的目光
却迸发出依依不舍的恋情。
她是那么痛苦。一阵狂风
呼啸着，卷起她的衣襟。
“噢，我的朋友！”俄罗斯人号哭着，
“我永远是你的，要伴你终生。
让我们离开这可恶的地方，
和我一起逃吧……”“不，俄罗斯人，
生活的甜蜜，它已经离去；
我尝过一切，我尝过欢乐，

一切都过去了，已没了踪迹。
难道这可能？你爱着另一个！……
你快去找她，你快去爱她；
我还有什么值得悲痛？
我还有什么不能放下？……
别了！祝愿你爱情美满，
这祝福将时刻伴随着你。
别了——忘记我的痛苦吧，
让我们握握手……最后一次。”

他把手伸给契尔克斯女郎，
重新奋发的心向她飞去，
临别之前长长的一吻
为爱心的联结打下了印记。
他们手拉手，满怀着离愁，
在静寂中双双走下河岸——
俄罗斯人已在喧腾的河中
浮游，浪花在水面飞溅，
他已游到对岸的石滩，
他已经抓住岩石攀登，
河上突然沉闷地响了一下，
从远处传来一声呻吟……
他登上荒无人烟的河岸，
回头观望……河岸一目了然，
溅起的浪花闪着白光；
但无论岸边还是山下，

都看不见契尔克斯女郎……
一片死寂……沉睡的河岸
只听见轻风吹拂的声音，
月光下哗哗奔流的河水中
激起的浪圈正在消隐。

他全明白了。他用告别的目光
最后一次环视着周围——
空旷的阿乌尔和它的栅栏、
俘虏放牧过畜群的野地、
他拖着锁链登临过的悬崖、
他在晌午时休息的小溪，
那时残酷的契尔克斯人
在山中唱起自由的歌曲。

空中浓重的夜色在消散，
白昼已来到幽暗的山谷，
朝霞升起了。远远的小径上
正走着那被放走的俘虏；
在他前方的薄雾当中，
俄罗斯人的刺刀寒光闪闪，
一些站岗放哨的哥萨克
正在土堤上彼此呼喊。

尾　声

就这样，幻想的瞬息朋友——
缪斯飞向遥远的亚细亚，
为了给自己编织花环
而采来了高加索野地的鲜花。
在频繁的战争中成长的民族，
它那普通的装束使她着迷，
这迷人的女郎出现在我面前，
就常常穿着这件新衣；
在那些荒芜的阿乌尔周围，
她独自漫步在悬崖峭壁上，
就在那里她细心倾听
孤苦伶仃的少女的歌唱；
她喜欢烽烟中的哥萨克镇、
勇敢的哥萨克进行的战争、
连绵的山冈、安静的墓地、
喧闹的场面和马群的嘶鸣。
主管歌曲和故事的女神
心中记着多少往年的史实，

也许她将对你再说说
可怕的高加索流传的故事；
将叙述遥远国度的传说，
姆斯季斯拉夫[12]当年的出征、
背信弃义的事、俄罗斯人
在格鲁吉亚女郎怀里的死亡；
我要歌唱那光荣的时刻，
那时我们勇敢的双头鹰①
预感到浴血的战争已临近，
立即往愤怒的高加索飞腾；
那时，浪花飞溅的捷列克河上
第一次响起战斗的炮击
和雷鸣般的俄罗斯战鼓声，
愤怒的齐齐安诺夫②来到谢切，
那样子真是不可一世；
啊，科特里亚列夫斯基③，英雄，
高加索的统治者，我把你歌唱！
无论是风暴般驰到何方——
你的行程就像黑色的瘟疫，
给当地的民族带来死亡……
如今你放下报复的马刀，
战争已不能使你快乐；

① 俄国国徽，此处指俄国军队。
② 齐齐安诺夫（1754—1806），俄国公爵，步兵上将。曾任格鲁吉亚驻军总司令。
③ 科特里亚列夫斯基（1782—1852），俄国步兵上将。

在清平中寂寞，带着光荣的伤，
你享受着家乡田地的宁静
和悠闲安逸的退休生活……
但这时——东方又哭声连天！……
低下你雪白的头，高加索，
顺从吧：叶尔莫洛夫[①]来了！

　战争的狂暴呐喊静息了，
一切都顺从俄罗斯的宝剑。
高加索的骄傲儿郎勇敢地
厮杀过，你们又死得多么惨。
但无论是令人神往的铠甲，
无论是高山，无论是良骏，
无论是朴素自由的爱情、
我们的血，都拯救不了你们！
就像拔都的民族[②]一样，
高加索背离了它的祖先，
忘却了贪婪战争的声音，
丢下了用于作战的弓箭。
旅人可以放心地走近
你们聚居的深山峡谷，
一些众说纷纭的故事
正叙说你们所受的痛苦。

---

① 叶尔莫洛夫（1777—1861），俄国步兵上将。曾任格鲁吉亚驻军总司令。
② 指鞑靼人。拔都（1208—1255），蒙古汗，成吉思汗的孙子，曾远征东欧和中欧。

注　释

1　别什图，更准确点应称为别什陶，离格奥尔基耶夫斯克四十里的一座高加索山。在俄国历史上是众所周知的。

2　阿乌尔，高加索各民族的山村。

3　乌兹金，长官或公爵。

4　军刀（шашка），契尔克斯马刀。

5　屋（сакля），指农舍。

6　酸马奶，由马奶制成；在亚洲所有高山民族和游牧民族中广为使用的饮料，香味宜人，一般认为营养丰富。

7　格鲁吉亚得天独厚的气候无补于这片美丽国土常年遭受的灾难。格鲁吉亚歌曲优美动人，大都忧伤悲戚。它们歌唱高加索武功的短暂胜利、俄国英雄——巴枯宁和齐齐安诺夫——的死难、变节、杀戮，有时歌唱爱情和欢乐。

8　杰尔查文在其献给米鲍夫伯爵的杰出颂歌中描绘了高加索的胜景：

　噢，年轻的将领，完成了远征，
你率领军队走遍了高加索，
看到了大自然的险恶和美景：

愤怒的河流如何从高山上
泻下，在昏暗的峡谷中怒吼；
几个世纪的积雪如何
从高山之巅隆隆崩落；
羚羊如何低下它的双角，
在黑暗中从容地看着身下
闪电和霹雳的骤然爆发。

　你看见过，在晴朗的时候，
太阳的光芒如何在冰雪中、
在河水里闪耀，发出反光，
呈现出雄伟壮丽的奇景；
霏霏细雨如何闪着光，
洒下五彩缤纷的雨点，
悬岩在瓦蓝中映出琥珀色，
半空中俯视着幽暗的松林；
而那边，闪着金光的红霞
透过树林使我们一览美景。

茹科夫斯基在给沃耶伊科夫君的信中亦有几行绝妙的诗描写高加索：

　你曾看见，捷列克河急急地
奔流，在葡萄园之间喧嚷。
在那里，车臣人或契尔克斯人
披着斗篷，带着致命的套绳，

常常埋伏在河岸的边上；
而远处，就在你的眼前，
无数的山峰，层峦叠嶂，
缭绕着一派浅蓝色的云雾，
群山环抱中有一白发巨人，
像朵云，厄尔布鲁士的双峰。
在那里景色是那么绮丽，
那么险峻，又那么雄伟：
到处是长着苔藓的悬岩，
飞瀑从花岗石的悬崖上
怒吼着泻下幽暗的崖底；
无论是斧声或人的欢笑，
都不曾惊扰那里的森林，
把它们从世纪的梦中惊醒；
在那里，白昼的光芒也不曾
穿透森林里昏暗的浓荫，
在那里只偶尔有几只麋鹿
听见鹰鹫的可怕鸣叫，
挤在一堆，碰响了树枝，
几只山羊拔起轻快的腿
从悬崖峭壁上急忙逃跑。
那里天造的壮丽奇观，
都一一呈现在我们眼前！
但那里，在群山环抱的谷地，
在深山的荒僻幽静之处，
都聚居着巴尔卡尔和巴赫，

阿巴捷赫和卡穆齐亚，
科尔布拉克和阿尔巴津，
切切烈和沙普舒克等民族。
火绳枪、铠甲、马刀、弓箭
和骏马——快步如飞的伙计，
是他们的无价之宝和上帝；
他们羚羊般在山野中奔跑，
从岩石后边置敌人死地；
或者散布在泥泞的河岸上、
深深的野草中和茂密的树林里，
在那里守候虏获物的来到；
他们就在自由的山岩中隐蔽。
但是白昼在他们的阿乌尔中
拄着慵懒的拐杖踽踽独行：
他们的生活是一场梦；他们
常坐在一起，像一群幽灵，
把烟袋伸进伙伴的烟罐，
身边弥漫着腾腾的烟雾，
谈论着杀人越货的事情；
或者夸奖他们的祖父
使用过的准确的火绳枪，
或者在燧石上磨快马刀，
准备着又一次杀人勾当。

9　契希尔，格鲁吉亚红葡萄酒。

10　契尔克斯人和所有野蛮民族一样都很好客。对他们来说，客人是神圣的。出卖客人或未能保护周全被视为奇耻大辱。库纳克（即朋友、熟人）拿生命担保您的安全，您可以和他们深入卡巴尔达人的山地。

11　拜兰节，开斋节。斋月，伊斯兰教的斋期。

12　姆斯季斯拉夫，圣弗拉基米尔的儿子，外号勇士，被封为特穆塔拉坎（塔曼岛）公爵。他曾和卡索格人（大概即是今契尔克斯人）作战，战败其公爵列捷吉亚。（参见《俄国通史》第2卷）

加百列之歌

叙事诗

1821

对于希伯来少女灵魂的得救，
我是真心实意地珍视。
到我这里来吧，来接受
我友爱的祝福，美丽的天使。
我要拯救这尘世的美女！
可爱双唇的微笑使我欢喜，
我要向天上的君王和基督
弹起虔诚的诗琴，低吟圣诗。
谦卑的琴弦弹出的颂歌
最终也许会使她感动，
而它，思想和心灵的主宰——
圣灵将降临少女的心中。

她今年十六岁，天真而温顺。
黑眉毛，两座少女的小阜
在布衫底下微微地颤动，
碎玉般的牙齿，可爱的秀足……
希伯来少女，你为何微笑？

脸上飞起了两朵红霞?
不，亲爱的，你真是自作多情，
我不是写你，是写马利亚。

在远离耶路撒冷的旷野，
远离嬉戏和好色之徒
(魔鬼为了害人把他们保留)，
她一心过着平静的日子，
没有人发现这美丽的村姑。
她的丈夫是个可敬的人，
白发的老头，凑合的木匠，
村里唯有他做这个营生。
他不分昼夜都忙着干活，
一会儿拿尺，一会儿拿锯子，
一会儿拿斧头，难得看一看
那属于他的美丽的女子，
而这朵被深深埋没的鲜花，
已注定得到另一种荣光，
不敢在这株草茎上开放。
懒惰的丈夫没有在清晨
用他的老喷壶把鲜花浇灌；
他像个父亲和贞洁的少女
同住，养活她，仅仅做个伴。

但是，老弟，那至高的上帝
此刻正把他垂爱的视线

投射在他的奴婢身上——
那处女的胸怀、苗条的身段，
他心旌激荡，便以独具的智慧
决定赐福给这珍爱的花园，
这座被遗忘的孤独的园子，
给予慷慨的神秘的奖赏。

寂静的夜正拥抱着田野，
马利亚甜蜜地打起盹来。
按上帝的旨意，少女做了个梦；
在她面前那看不到底的
深邃的天穹突然打开；
在令人目眩的荣光之中，
无数的天使在穿梭来往，
司智天使在弹着竖琴，
许多六翼天使在飞翔，
天使长们默默地端坐着，
头部用天蓝的翅膀遮住，
他们的前面是上帝的宝座，
四周缭绕着五彩的云雾。
突然，他灿烂夺目地出现了……
大家一起拜倒，琴声随着静息。
马利亚低下头，透不过气来，
抖得像树叶，倾听上帝的旨意：
“美人，人间可爱的女儿，
妙龄的女郎，以色列的希望！

我为心中燃烧的爱而召唤你，
你将和我一起共享荣光：
准备着接受不可知的命运吧，
去找奴婢的将是一个新郎。”

　上帝的宝座又蒙上云雾；
双翼的天使又飞舞翩跹，
天庭的琴声又铿锵和鸣……
张开嘴，双手虔诚地合十，
马利亚站在天庭的面前。
是什么如此激动着马利亚，
如此吸引着她的注意力？
在天庭的年青神灵中是谁
用蓝色的眼睛对她注视？
饰羽毛的头盔、华丽的装束、
闪光的翅膀和金黄的鬈发、
高身材、慵倦而羞涩的目光，
一切都吸引着沉默的马利亚。
多引人注目，只有他才可亲！
骄傲吧，骄傲吧，加百列天使长！
突然，一切都消失了。犹如
不理孩子们的抱怨，消失了
布幕上投射的幻灯的影像。

　曙光初露，美人儿醒来了，
她神情倦怠地躺在床上。

《加百列之歌》 T. A. 马芙琳娜 绘　1936 年

但头脑里面依然萦绕着
奇异的梦境和加百列天使长。
她想诱引天上的君王，
他的话多么使人兴奋，
她对他是那么敬仰倾慕，
可是加百列却更加可亲……
就像有时候，英俊的副官
对将军夫人更富有魅力。
有什么办法？命运这样决定——
愚人和学究也只好同意。

我们来谈谈爱情的怪脾气
(我不擅长谈别的话题)。
每当受到火热目光的注视，
我们都激动得浑身颤栗；
每当使人迷醉的欲望
苦恼着我们，心里痛苦难忍；
使我们记挂和烦恼的唯一情感
追逐着我们，折磨着我们；
难道不是这样？我们就要在
年青朋友中找一个知心，
用热烈激动的语言倾吐
内心受热情煎熬的声音。
当我们从飞驰的时光当中
捕捉到短暂的极乐一瞬，
在欢乐的床第上面诱使

羞怯的美人同叙欢情，
当我们忘却了爱情烦恼，
心中再不存什么欲望，——
我们也喜欢和知友谈心，
把爱情的欢乐重新回想。

而你，主啊！也尝到爱情的激动，
和我们一样炽燃着情焰。
造物主已厌恶所有的创造，
对天庭的祈祷感到厌烦，——
他编了几首爱情的赞美诗，
高声歌唱：“我爱、我爱马利亚，
在忧愁中苦度永生的日子……
哪儿有翅膀？我要飞向马利亚，
在美人的怀抱中快乐地休息！……”
还有……他所想到的一切，
创世主喜欢东方华丽的文体。
接着，他叫来心爱的加百列，
用散文向他说明自己的情意。
教会向我们隐瞒了他们的谈话，
福音书的作者也略去一点！
但亚美尼亚的传说告诉我们，
上帝把天使长称赞一番，
决定挑选他作为使者，
因为发现他有过人的才智，
派他晚上到马利亚那儿去。

天使长想的是另一种荣誉：
他常有奉派出使的幸运，
传递种种信件和消息，
虽然有好处，但也有自尊，
这荣耀的儿子，藏住小算盘，
不情愿地做了殷勤的侍者……
按人间的说法——拉皮条的人。

　　但上帝的宿敌撒旦并没有打盹！
他在人世间游荡，听说
上帝竟垂青于希伯来少女，
那个将把我们从地狱的
永世磨难中拯救出来的美女。
狡猾的魔鬼心中大怒——
他忙碌起来。这时上帝
坐在天上，充满甜蜜的忧愁，
把全世界忘记，不理世事，
可世事仍进行得井然有序。

　　马利亚在做什么？她在哪儿，
约瑟郁郁寡欢的妻子？
她在花园里，心中闷闷不乐，
打发着无邪的闲暇时刻，
那迷人的梦，她多想再做一次。
她心中浮现着那可爱的形象，
忧愁的心已经飞向天使长。

在棕榈的清荫里，小溪的絮语中，
我的美人儿在沉思默想。
花朵的芬芳她不觉得愉快，
溪水的鸣唱她也不喜欢……
她突然看见一条美丽的蛇，
闪耀着引人注目的鳞片，
在她头上的枝叶间摇摆，
对她说："上天宠爱的少女！
你别跑，我是你顺从的俘虏……"
这是真的？啊，奇迹中的奇迹！
是谁在对纯朴的马利亚说话，
这是谁？唉，不用说，是魔鬼。

蛇的美丽、斑斓的色彩、
它的殷勤、狡猾眼睛的火焰，
立即就赢得马利亚的喜欢。
为了使年青而空虚的心快乐，
她用温柔的目光抚慰了撒旦，
和他进行一场危险的交谈：

"蛇啊，你是谁？凭你讨好的声调，
凭你的眼睛、美丽和光辉，
我认出，就是你把我们的夏娃
引到那棵神秘的树跟前，
使那不幸的女人犯了罪。
你毁了一个不懂事的少女，

《加百列之歌》（铜版画） Э. 维伊拉尔特 绘刻 1928 年

还有亚当的一族和我们。
我们落入了灾难的深渊。
你不羞愧吗？”
　　　　　　“神父骗了你们，
我不是毁了夏娃，而是救了她！”
“从谁的手里？”
　　　　　　　“上帝。”
　　　　　　　　　　　“危险的仇敌！”
“上帝爱上了……”
　　　　　　　　“告诉你，当心！”
“他对她……”
　　　　　　“住嘴！”
　　　　　　　　　　“燃烧着爱情，
她的处境真是万分危急。”
“蛇啊，你撒谎！”
　　　　　　　　“上帝作证！”
　　　　　　　　　　　　　　“别发誓。”
“可你听我说……”
　　　　　　　　马利亚心想：
一个人待在花园里，偷偷地
听着蛇的谤言，这可不好，
听信撒旦的话是否应当？
但天上的君王爱我，保佑我，
仁慈的上帝：他想必不会
加害于奴婢——为了这交谈！
再说他也不会让我受委屈，

而这蛇看来也很谦卑。
这算什么罪孽？算什么坏事？
真是废话！于是她侧耳倾听，
暂时忘记了加百列和爱情。
狡猾的魔鬼得意地伸直
他的响尾，拳起了颈项，
从树上溜下来，落在她跟前；
她胸中燃起欲望的火焰，
他说道：

“我的话可是不同于
先知摩西所说的那些话，
他想用谎言迷惑希伯来人，
他一本正经地撒谎，大家都听他。
上帝赏给他辞令和温顺的头脑，
摩西便成了有名的老爷，
可我，请相信，不是御用的史官，
不需要先知的烜赫官阶！

“别的美人啊，她们都应当
羡慕你双眸中明亮的火星，
啊，谦卑的马利亚，你生来
就是为了让亚当的子孙吃惊，
迷醉那些轻狂的灵魂，
你的微笑能让他们喜不自胜，
三言两语能让他们如痴如醉，

爱还是不爱——都随你高兴……
这就是你的命。年青的夏娃像你
在花园里谦卑、聪明、妩媚，
但没有爱而空自显露她的俏丽；
一男一女，总是两个人面对面
在伊甸园清澈的河流边上
平平静静地度过无邪的时光。
他们的日子过得单调冷清，
无论是树荫、青春和闲暇
都不能唤起他们的爱情；
他们手挽手散步、吃喝，
白天打呵欠，晚上也不曾有
热情的嬉戏、销魂的欢情……
有什么好说的？那不公正的暴君，
希伯来人的上帝，阴郁而妒忌，
他爱上了亚当的女伴，
他保佑她，是为了自己……
这算什么荣耀，算什么欢乐！
在天庭里面就像在牢狱，
在他的脚旁祈祷又祈祷，
赞美他，竭力颂扬他的美，
不敢悄悄对别人看一眼，
偷偷和天使长说上一个字；
假如创世主要了你当情人，
你的命运就注定是如此。
以后又怎样？为了寂寞和痛苦，

奖赏是：诵经士的嘶声颂扬、
蜡烛、老太婆乏味的祝祷、
摇炉散香、某个圣像画匠
描绘的神像——还镶着钻石……
多快活！这命运真令人向往！

“于是我可怜起美丽的夏娃，
我决定违反造物主的意志，
打破这少男少女的迷梦，
你可听见发生过的这件事？
两颗苹果挂在奇异的树枝上
（是幸福的标志，爱情的象征），
启发了她那朦胧的幻想。
模模糊糊的欲望苏醒了，
她发现了自己姣美的容颜、
心儿的颤栗和温柔的情感。
发现了年轻男人的裸体！
我看见过他俩！目睹了爱恋
（我的专长）的美好开端。
我那一对走进了幽深的树林……
迅速地漫游着双手和视线……
操尽了心，笨拙，不吭一声，
在年青女友可爱的两腿间
亚当寻找着醉人的欢乐，
全身燃烧着炽热的火焰，
他探询着产生欢乐的源头，

心旌激荡，沉醉在那里面……
夏娃不怕上帝的震怒，
浑身在燃烧，披散着头发，
微微地微微地翕动着双唇，
用亲吻给亚当作为回答，
她含着爱情的热泪，陶醉在
棕榈的清荫下——而年青的大地
则为情人们盖上了鲜花。

“幸福的日子！新婚的丈夫
从早到晚和妻子亲热，
在漆黑的夜色中他难得合眼，
他们的闲暇是多么欢乐！
你知道：上帝把欢乐打断，
剥夺了这对恋人的天堂。
把他们逐出这可爱的乐土，
他们长久地住过的地方，
不用操劳，在悠闲的静谧中
度过多少无邪的时光。
但我为他们揭开了情欲的秘密，
青春时代的快乐权利，
酥软、欢欣、幸福的泪水，
还有亲吻，柔情的絮语。
现在你说吧：我真是叛逆？
是我造成亚当的不幸？
我不承认，但我只知道，

我是夏娃真诚的良朋。”

　魔鬼说完了。马利亚在寂静中
倾听着狡猾撒旦的讲述。
“怎么？”她想，“也许魔鬼说得对；
我曾听说，无论是地位、荣誉、
黄金都不能买到幸福；
我也听说，人应该去爱……
爱！可怎么爱，为什么爱，爱是什么……”
而这时，少女的心却留意地
倾听着撒旦的全部叙说：
无论是情节、奇怪的理由、
放肆的景象和大胆的措词……
(我们都喜欢听点新鲜事。)
刚萌发的朦胧而危险的思想
在变得越来越清晰明朗，
突然，那条蛇仿佛不见了，
她面前出现了一个新景象：
马利亚看见一个美少年。
在她脚旁，一句话也没说，
眼睛对她闪耀着奇异的光，
用意明白地请求着什么，
一只手向她送来一朵花，
另一只手揉皱了她的布衣，
迫不及待地伸进衣服里，
轻柔的手指戏弄地触摸

那可爱的隐秘……对于这一切，
马利亚觉得新鲜而奇异——
而同时，并非羞怯的红云
却在处女的双颊飞舞，
撩人的烈火、急促的呼吸
掀动着马利亚青春的胸脯。
她默默无言，但突然浑身无力，
闭起闪闪发亮的双眼，
把头倚在魔鬼的胸前，
“啊”地叫了一声……倒在草地上……

啊，亲爱的朋友！这希冀与欲望的
最初梦幻，我把它献给你，
那对我垂青钟爱的美人，
你能否饶恕我的这些回忆？
饶恕我青春时的嬉戏和罪孽，
那些夜晚，我在你家里，
在你讨厌而严厉的母亲面前，
用内心的惊慌把你折磨，
让你发现了自己纯真的美？
我教会了一只顺从的手
去抚慰那令人伤心的分离，
给沉默的时刻带来欢乐，
给失眠的少女带来安慰。
但你的青春已经虚掷，
微笑从苍白的双唇消失。

如花的娇美刚开放就凋萎……
请把我饶恕，啊，亲爱的少女！

　万恶之父啊，马利亚的
狡猾敌人，你对她犯了罪，
啊，你从淫欲中得到欢乐……
而你也用这犯罪的嬉戏
启发了上帝宠爱的女人，
用粗鲁的行为使少女惊奇。
得意吧，为可恶的声名得意吧！
快抓紧享受……但时刻临近了！
看吧，白日将尽，夕阳将下。
万籁俱寂。在慵倦的少女头上，
突然，爱情的使者，上天的宠儿，
双翼的天使长在嗖嗖地飞翔。

　看见加百列，美人儿吓得
赶快用双手掩住面孔，
恼怒的魔鬼手足无措，
爬起来对他说：“傲慢的幸运儿，
谁叫你来的？你为何离开
天上的宫廷，高高的天宇？
为何搅扰一对情人的
无言的欢乐，我们的美事？”
但加百列嫉妒地皱起眉头，
回答那无礼而戏谑的问题：

《加百列之歌》（铜版画） Э. 维伊拉尔特 绘刻 1928 年

“邪恶的荡汉、不可救药的逐客，
上天宠爱的美人的狂敌，
你诱骗了多情的美人马利亚，
竟然还敢来向我质问！
滚吧，无耻之徒，反叛的奴仆，
难道还要我给你一顿教训！”
“我不怕你们这些侍从，
上帝身边顺从的奴仆，
给天上的君王拉皮条的人！”
魔鬼说罢，他满腔怒气，
皱起眉，斜睨着，咬紧嘴唇，
对准天使长的牙齿打去。
只听得加百列大叫一声，
打个趔趄，左膝跪倒了；
但他跳起来，怒气填膺，
出其不意，给了魔鬼一拳，
打中了太阳穴，魔鬼叫了一声，
脸色煞白——两人扭作一团。
加百列和魔鬼都不能占上风，
他们扭打着，翻滚在草地，
下巴顶着仇敌的前胸，
双手和双腿绞在一起，
他们都想把对方拖走，
一会儿用力气，一会儿使诡计。

　　不是吗？你们可记得那田野，

我的朋友们，从前，在春天，
我们下课后，正是在那里
嬉戏，拿勇敢的摔跤消遣。
疲倦的天使们忘记了相骂，
也是这样扭打成一团。
地狱之王，是个魁梧的暴徒，
和灵巧的敌人打得气喘吁吁，
最后，他想马上结束战斗，
打落了天使长饰羽毛的头盔，
那黄金的头盔还饰着钻石。
他抓住敌人柔软的头发，
用那有力的手把他按在
潮湿的地上。马利亚看见
天使长真是年轻英俊，
暗暗地为他捏着一把汗。
眼看魔鬼要得手，地狱
要狂欢，幸好机灵的加百列
揪住他那致命的地方
（在任何战斗中它都嫌累赘），
揪住魔鬼犯罪的器官。
魔鬼倒下了，乞求饶命，
往黑暗的地狱仓皇逃奔。

美人儿屏住气呆呆地看着
这场惊心动魄的恶战；
这时天使长已打了胜仗，

彬彬有礼地来和她攀谈，
她脸上燃起了爱情的烈火，
心中充满了蜜意柔情，
啊，这希伯来少女是多么娇艳！……

　使者红了脸，用神圣的话语
向她表白了别人的感情：
“啊，高兴吧，贞洁的马利亚！
你会有爱情，做了妻子更动人；
你的美好果实将百倍地幸福，
他要推翻地狱，拯救世界……
可是我要坦诚向你承认，
做他的父亲将幸福一百倍！”
加百列在她面前跪下，
趁势柔情地握握她的手……
美人儿垂下眼睛，叹息着，
加百列吻吻她，是那么温柔。
她心慌意乱，沉默着，红了脸，
他伸手摸了摸她的胸脯，
“放开我！”马利亚轻声说道，
就在这时候，热烈的亲吻
已堵住了少女的呻吟和惊呼……

　她怎么办？嫉妒的上帝会怎么说？
你们别抱怨，美丽的少女，
啊，女人们，最了解爱情的人，

你们会用侥幸的妙计
巧妙地瞒过新郎的注意，
和行家们细心观察的目光，
给风流韵事留下的痕迹
披上一件贞洁的衣裳……
轻狂的女儿会从母亲那里
学会一套顺从的羞涩
和假装的痛楚，在新婚之夜
显得怯生生地演她的角色：
到了天亮，稍稍恢复常态，
起了床，苍白，懒洋洋，走不动路。
丈夫欢喜，母亲暗自庆幸，
而老相好却在敲击窗户。

　这时加百列已带着好消息
一路飞回他居住的天庭。
急不可耐的上帝喜滋滋地
出来迎接他那个亲信：
“有什么消息？”“我已竭尽全力，
对她说了。”“她怎么样？”“乐意效劳！”
于是天上的君王二话不说，
从宝座上站起来，扬扬眉毛，
支开所有的人，像荷马的主神，
把众多的儿女一一平定，
但希腊的信仰已不存在，
宙斯没有了，我们也更聪明！

马利亚在自己的角落里
静静地躺在压皱的被单上，
沉醉在一幕幕生动的回忆里。
心中燃烧着柔情和心愿，
新的热情激动着青春的胸膛。
她轻轻地呼唤着加百列，
为他的爱情准备新的礼物，
她一脚踢开夜晚的被子，
微笑着垂下满意的秀目，
惊奇于自己生就的美质，
为自己迷人的裸体而幸福。
但这时她在柔情的沉思中
犯了罪，如此迷人而慵倦，
她饮下了一杯舒心的欢乐。
瞧你笑的，狡猾的撒旦！
怎么回事！突然一只毛茸茸的
白翼的鸽子飞进了窗里，
在她的头上翻飞盘旋，
还试着唱起快乐的歌曲，
蓦地它飞到少女的两膝间，
在玫瑰花儿上停下、颤栗，
琢着它，在上面不停地转动，
用它的喙和脚干着活儿。
是他，一定是他，马利亚明白，
她接待的鸽子是另一位神明；
少女夹紧两腿，叫了起来，

她叹息，颤抖，祈祷圣灵，
她哭了起来，但鸽子胜利了，
在炽烈的情热中颤抖，唱歌，
它为轻盈的梦所拥抱、落下来，
用翅膀掩盖着爱情的花朵。
它飞走了。精疲力竭的马利亚
心里思量："这真是胡闹！
一个、两个、三个！这事他们
怎不会偷懒？亏我经受了惊扰：
魔鬼、天使长，还有上帝
同一天里都来和我要好。"

后来上帝照例承认了
少女的儿子是自己的孩子，
可是加百列（这运气真令人羡慕！）
不断偷偷地来和她相会；
像许多人一样，约瑟感到慰藉，
他对妻子仍旧秋毫无犯，
疼爱基督像自己的孩子，
为此上帝给了他奖赏！

阿门！我怎样结束这故事？
我将永远忘却这古代的胡闹，
我歌唱你，双翼的加百列，
我将用这谦卑的琴弦
向你献上诚挚、辩护的歌唱：

保佑我吧，请听我的祷告！
在爱情上我至今还是个异教徒、
妙龄女神的狂热的崇拜者、
魔鬼的朋友、浪荡汉、负心人……
请你为我的忏悔祝福！
如今我决心改恶从善，
我要重新做人：我看见了叶莲娜；
她像多情的马利亚一样可爱！
我的心将要永远属于她。
请给我的话以迷人的力量，
请教会我讨人喜欢的诀窍，
请在她心中燃起爱的热望，
否则我要去向撒旦求告！
但日月如梭，时间老人
将悄悄地染白我的双鬓，
而庄重的婚礼将在神坛前
宣告我和可爱妻子的联姻。
使约瑟衷心敬畏的安慰者！
我向你祈求，双膝跪落，
绿帽丈夫的庇佑者和辩护士，
我求你，到时也来祝福我，
请你赐给我快乐和温顺，
请你赐给我一次次隐忍、
平静的睡眠、对妻子的信赖、
和睦的家庭与对亲人的爱心。

瓦吉姆

未完成长诗的片断

1821—1822

　夜色布满了整个穹苍，
月光照亮了黄昏的云雾，
它投射在瓦兰海[①]的波浪上，
铺下一条金光闪闪的道路。
一只天鹅在波浪上晃动，
它睡着了，一切都已入梦；
但在那昏黑海面的远方，
却疾驶着一片白色的风帆，
激起的浪花在月光下闪亮；
听到近处哗哗的划桨声，
那只受惊的鸟振翅飞去，
这是谁的风帆？是谁的手
在黑暗之中把它驾驶？

　一共两个人。一个在划桨，
他是波涛里普通的居民，

① 波罗的海的古称。

他划着，把小船驾往南方；
另一个，仿佛中了魔法，
一动不动地站住，双眼
凝视着海岸，一言不发，
他的一只脚已经准备好
一下子跨出这条小船。
他们漂流着……
　　　　　　　“靠岸，老头！
划到岩石旁。”性急的乘船汉
刹那间跳下滚滚的波浪，
他已到达荒凉的海岸。
这时，另一个人伸出手来，
不慌不忙地放下风帆，
把小船划向一块岩石，
在两棵连根的柳树根上
牢牢地打个结，系好小船，
这才不慌不忙地迈步
走上荒野陡峭的海岸。
燧石敲响，火焰一下子
远远地照亮广阔的海面，
多么荒凉的地方！巨石
一块块耸立在阴森的海岸；
骚动的巨浪拍击着岩石，
浪花飞溅，松林摇着头，
发出阵阵萧萧的巨响，
俯视着大海汹涌的波涛；

周围没有鲜花和青草，
只有砂砾、苔藓、岩石和峭壁，
到处可见雷击的烙印、
激流的余波留下的痕迹，
血迹斑斑的岩石罅隙中
有狼群的美餐——腐烂的死尸。
一生操劳的老人向火堆
伸出不很灵敏的双手。
佝偻的脊背、枯瘦的面孔，
说明他饱经磨难和忧愁，
在他黄瘦的面孔上，时间
深深地刻下了最新的印记，
衣衫、鞋袜，一切都显出
他的粗野、贫困和劳累。
但那人是谁？他脸上焕发着
青春的光彩，他漂亮得就像
春天的花朵；可是欢乐
似乎从小未来到他身上；
他低垂的眼睛饱含着忧愁；
身上穿着斯拉夫人的衣衫，
腰间佩着斯拉夫人的宝剑。
眼睛像斯拉夫人那样灰蓝，
斯拉夫人的金黄色头发
像波浪披散在他的双肩……
穿着褴褛的破旧衣裳，
被给人以生机的火焰烤暖，

老人酣然进入了梦乡。
但那青年默默沉思着，
把双手交叉放在胸前，
呆坐在那里，愁眉苦脸……
夜阑人静，火堆已熄灭，
灰烬已冰凉，深深的海洋
正在发白；早晨临近了；
梦神来到了斯拉夫人身上。

　他梦见几个远方的国家，
他奔驰在陆地，航行于海洋，
在往昔那些战争日子里，
他勇猛搏斗在西方和南方，
和奥丁①属下的残酷子民
共事，并把战利品分享。
一排排的敌人在他面前
逃窜，就像海上的浪花
在风暴中涌向黑色的海岸。
他倾听着发狂的行吟诗人
欢乐的赞歌和竖琴的乐曲，
在强大军队的兵营饮宴，
以一种异样的美吸引着
那些异族少女的视线。
但甜蜜的梦幻这时并没有

① 奥丁，古斯堪的纳维亚神话中的主神之一，从远古起就是战神。

把英雄带到另一个国家，
带到激烈战斗的地方，
那里宝剑正把英雄们砍杀；
他没有看见熟悉的岩石，
在那凄凉的基里阿兰吉亚①；
也没有看见阿尔比恩②，在那里
他曾寻找血战和远方的荣华；
他没有梦见巨浪的喧响；
他一时忘记了海上的战争、
一堆堆篝火的明亮火光、
狩猎时的犬吠、喇叭的号声；
另外一些想象和幻想
激动着这斯拉夫人的心怀：
他面前出现了斯拉夫的卫队；
他认出了这支卫队的盾牌；
他重新热情地把手伸给
这些往昔年代的伴当，
长期别离，他忘记了他们，
如今他们已不在这世界上。
他看见了伟大的诺夫哥罗德
和那所早就熟悉的公馆，
但是栅栏上长满了荨麻，
窗户个个缠绕着菟丝子，

① 即今卡累利阿。
② 古希腊、罗马人对英国的称呼。

杂草长遍了宽阔的庭院。
他急急走过一排寂然无声、
空无一人的房屋近旁，
一片死寂……没有快乐的宾客，
筵席上的酒杯也不碰响。
瞧，那是一间高敞的绣房……
他的心在猛跳："她还在吗，
眼中的情人，心爱的姑娘？
这里可盛开着我心爱的鲜花？
能不能找到她？"他心里想着，
走进去；怎么？多么可怕！
在冰冷的床上，盖着被单，
躺着已经死去的姑娘。
他心里一阵紧缩，一阵惊慌。
他稍稍把被单掀起一点，
一看：是她！在沉重的梦魇中
他发出一声轻轻的呻唤……
是她……是她……是她的芳颜；
她的胸膛露出受伤的痕迹。
"她被杀害了，"他惊叫了一声，
"是谁杀的？"一个声音说："是你……"

　与此同时，惯常的操心
在使人感到舒服的睡梦中
还在惊扰着老人的心灵：
睡梦中他把风帆张开，

让小船随着风儿漂荡，
清澈的河水把他的船儿
无声无息地送到海湾，
于是鱼儿欢蹦乱跳地
落入老头儿沉重的鱼网；
周围静悄悄：大海在沉睡，
但乌云低垂，远处的雷声
在哗哗响的深海上空鸣响，
于是小船下面的沧溟
沸腾了，它翻滚着，咆哮不已；
不幸的人枉然想把小船
调过头，回到可靠的岸旁——
它噼啪响着，碎成两段！
于是渔夫沉到了海底，
他终于醒过来，浑身颤栗，
他看看周围，海岸很平静，
远方朦朦胧胧的天边
正出现一片金黄的晨曦；
迎着欢乐的嫣红霞光，
从峭壁林立的高处，从树丛里，
鸟儿啁啾着骤然飞起，
天亮了——但是斯拉夫人
还在长着苔藓的巨石上沉睡，
高傲的脸上燃烧着愤怒，
蒙眬中嘴里正发出梦呓。
他嘴里哼哼着把岩石拥抱……

老人伸出脚小心翼翼
轻轻地推推那个年青人——
那虚幻的幽灵从他的脑子里
飞走——于是他站了起来，
看见旭日从东方升起，
他和白发的老人告别，
伸出一只手，递过去金币。
“请听，”他说道，“顺路的风
正召唤你回到家乡的海岸，
快去吧——趁现在风平浪静，
你走吧，我要走的是另一条路线。”
老人怀着快乐的心情，
诚心祝福这个斯拉夫人：
“愿风暴之父，北方的上帝，
你们的雷神，还有斯维托维德
和万能的拉多①都来保佑你；
祝你一辈子健康，永远年青，
愿你年青的太太含着泪，
快快乐乐地前来迎接你，
愿你饮尽朋友的蜜酒，
并彻底消灭所有的仇敌。”
说完，他从岩石上下了船，
解开船上潮湿的缆绳，
鼓起了风帆，小船开走了，

---

① 斯维托维德是斯拉夫神话中的太阳神，拉多是爱神。

但是老人仍目不转睛
凝视着沿岸陡峭的悬崖上
那一大片黑鸦鸦的森林，
年青的斯拉夫人正迈开大步
在林莽的深处迅速消隐。

强盗兄弟

1821—1822

《强盗兄弟》（铜版画） С. Ф. 卡拉克济奥诺夫 绘刻 1824—1825 年

不是一群乌鸦飞落在
成堆的腐烂尸体上面，
是一帮亡命的匪徒深夜里
聚集在伏尔加河彼岸的篝火边。
各种服装、面貌、民族、方言
和阶层都有，真是乌合之众！
其中有农夫、僧人和囚徒，
为了劫掠钱财而聚拢！
他们心里只想着一件事，
要过那无法无天的日子。
在他们中间可以看到：
尚武的顿河两岸的逃犯，
长着黑色鬈发的犹太人，
生长在草原上的蛮子：卡尔梅克
和面貌丑陋的巴什基尔人，
还有火红头发的芬兰汉子，
到处流浪的懒散的茨冈人！
冒险、流血、淫乱和欺诈

维持着这可怕家族的联系；
谁长着铁石一般的心肠
走过作恶的每一级阶梯，
谁用他那冷酷无情的手
杀戮寡妇和可怜的孤儿，
谁嘲笑孩子们痛苦的呻吟，
谁从来不轻饶别人的过错，
谁以凶杀为乐，像青年的幽会，
谁就能加入他们这一伙。

世界静息了，这时月亮
向他们洒下凄凉的清辉，
一杯冒泡的葡萄美酒
正在他们的手中传递。
有些人瘫倒在潮湿的地上，
心怀警觉地蒙眬睡去，
一些不祥的幻梦萦绕在
他们罪恶的脑子周围。
另一些人用故事来消磨
这郁悒之夜的闲暇时刻；
大家默不作声——新来的伙伴
讲述的故事使他们入了迷，
众人都在谛听他的叙说：

“我们本是两个人：弟弟和我。
我们一起长大；兄弟两个

在幼小的时候就寄人篱下：
儿时的生活全没有欢乐；
我们已饱尝贫穷的滋味，
忍受着令人痛苦的蔑视，
强烈的嫉妒折磨着我们，
早就使我们激动不已。
我们这对孤儿一无所有，
上无片瓦，下无立锥之地：
我们在痛苦和忧烦中度日，
这样的日子再也过不下去。
于是我们就商量停当，
要去试试另一种运气：
上等的钢刀和漆黑的夜晚
就是我们最好的兄弟；
我们忘却了胆怯和悲哀，
而良心早就抛到九霄云外。

“啊，青春，多豪迈的青春，
我们那时的生活才像个样，
想当年，我们蔑视死亡，
总是有难同当，有福同享。
通常，一等到明亮的月儿
升起，走到天空的中央，
我们就从地洞里爬出来，
到林子里去干那危险的勾当。
我们坐在大树后边守候：

看看有没有走夜路的客商——
富裕的犹太人或寒伧的神父——
我们就把一切都抢光。
通常，在冬天夜深人静时，
我们就驾起飞快的三套车，
一边唱着歌，一边打唿哨，
箭一般疾驰在积雪的荒漠。
有谁不害怕遇上我们？
一看见小酒店里的烛光——
到那里去！我们拼命地敲门，
一起高声喊叫着老板娘，
走进去，白吃白喝一顿，
还和漂亮的妞儿亲热一场！

“后来呢？两个好汉落了网；
我们兄弟俩好景不长，
双双被捕了——几个铁匠
把我们的脚镣钉在一起，
卫兵把我们押进了牢房。

“我比弟弟年长了五岁，
比他更能忍受种种苦难，
戴着镣铐，在闷热的牢狱中
我安然无恙，他浑身软瘫。
我们呼吸困难，忧心如焚，
他昏昏沉沉，把发烧的头

重重地靠在我的肩膀上，
他生命垂危，不时要求：
‘我透不过气……要到森林里……
水，给我水！……’我给他水喝，
可是没有用，这受苦的人儿
还是受到干渴的煎熬，
豆大的汗珠从他身上滚落。
致命的疾病引起了高烧，
他脉搏加快，头脑昏乱；
他已经不能认出我来，
时时呼喊着朋友和伙伴，
叫他们一一来到跟前。
他说：‘你躲到哪里去了？
你的秘密道路通向哪里？
为什么我哥哥把我扔下
在这又臭又黑的监狱？
难道不是他自己把我
从宁静的土地诱到密林里，
他强暴而可怕，首先教会我
杀人越货在夜阑人静时？
如今他扔下我自由自在，
独自在荒凉的旷野上游荡，
手里挥舞着杀人凶器，
在交上令人羡慕的好运时，
把自己的伙伴完全遗忘！……’
时而那令人烦恼的良心

又使他感到剧烈的痛苦：
一群冤魂聚集在他面前，
远远地指骂着他这匪徒。
他的脑海里出现得最多的
是一个无辜老人的幻影，
很久以前他被我们杀害；
病人用双手把眼睛蒙住，
为老人向我苦苦求情：
‘哥哥！可怜可怜他的眼泪吧！
他年纪这么大，别杀害他……
我害怕他那衰老的哀叫……
他不会伤害咱——放掉他吧；
他身上已没有一滴热的血……
哥哥，别侮弄这白发的大叔，
别折磨他……他许会祈求
上帝，减轻对我们的愤怒！……’
我抑制住恐惧，默默地倾听；
想安慰病人，让他别痛哭，
并摆脱那些虚幻的鬼影。
他看见好多死人在跳舞，
他们从森林里来到狱中，
他时而听见可怕的耳语，
时而听见追赶的脚步声，
他的眼睛惊惧地闪着光，
头发竖得像山一般高，
浑身像树叶一样抖动。

他时而觉得看见眼前
一大群人聚集在街头，
像潮水一样涌向刑场，
他看见鞭子和凶恶的刽子手……
弟弟吓坏了，昏死过去，
一头栽倒在我的胸前。
就这样我度过无数昼夜，
没有一分钟得到休息，
也不能闭一闭我的双眼。

“但青春终于得到了胜利：
弟弟重新恢复了体力，
可怕的疾病已经痊愈，
幻影也随着疾病离去。
我们都康复了。于是更强烈地
怀念起往昔的逍遥日子；
心儿飞向森林和自由，
渴望呼吸田野上的空气。
我们厌烦了监狱里的黑暗、
照进铁窗的明亮霞光、
看守的吆喝、镣铐的响声，
和偶然飞来的鸟儿的吵嚷。

“有一天我们戴着镣铐
走上街头，为城里的牢监
一起向市民要求周济，

我们暗地里商量停当，
要实现隐藏多时的心愿；
一条河在身旁哗哗流淌，
我们奔过去——从高高的岸上
噗通！在深深的河水中游着，
连锁的脚镣哐啷啷地响，
我们动作一致地击着河水，
看见一块小小的沙洲，
于是劈开湍急的水流，
往那里游去。有人在后面
喊叫：‘抓住！别让他们逃走！’
两个看守在远处游着，
可我们已经登上了沙洲，
我们用石头砸开锁链，
彼此撕掉身上那几件
水淋淋的沉重破衣烂衫……
有人在我们后面追赶；
但我们大胆地满怀希冀，
坐在那儿等候。一个在下沉，
一会儿呛水，一会儿呻吟，
像铅块一样沉入了河底。
另一个已经游过了深处，
手里举着枪，顽固地蹚着水，
一点不理会我的呼喊，
继续走过来，但是这时
往他头上飞去两块石头，

于是鲜血溅满了河水；
他沉下去了——我们又跳进河里，
已经没有人再敢来追缉，
我们游到了河流的对岸，
走进森林里，但可怜的弟弟……
劳累和秋天河水的寒冽
夺去了他恢复不久的体力：
疾病又一次把他拖垮，
罪恶的幻影又来追逼。
病人三天没有说一句话，
也没有打盹闭一闭眼睛，
到了第四天，他心中仿佛
积满了忧愁，思虑重重；
他叫了我一声，握住我的手，
逐渐黯淡的目光表现出
足以使他死亡的痛苦；
手凉了，他嘴里吐了一口气，
便倒在我怀里永远睡去。

“我守在弟弟僵冷的尸体旁，
三个夜晚没离开过一步，
等着看死者会不会醒转，
我痛哭了一场。最后不得不
拿起了铁锹；在弟弟的坟坑上
我为他做了安魂祷告，
并把他的遗体入土安葬……

接着我又独自一个人
去干旧日的营生……可往昔的日子
已难回返，过去的已经过去！
纵情的饮宴，欢乐的夜晚，
我们暴风雨般的打劫——
都已埋进弟弟的坟墓里面。
我忧郁而孤独地度着余生，
残酷的灵魂变得更加暴虐，
恻隐之心已完全泯灭。
但有时我也放过老者：
我当真害怕把老人杀害，
对无法自卫的白发老人，
我的手怎么也举不起来。
我常想起在冷酷的监狱，
病中的弟弟戴着镣铐，
浑身无力，神志不清，满腹忧伤，
为怜悯老人而向我求告。”

巴赫奇萨拉伊泪泉

许多人和我一样，
到这座喷泉造访，
但有的已经作古，
有的飘泊在远方。
——萨迪

1821—1823

《巴赫奇萨拉伊泪泉》（铜版画） С. Ф. 卡拉克济奥诺夫 绘刻 1826 年

吉利[①]垂目正襟危坐；
嘴里的琥珀烟管在冒烟；
奴颜媚骨的群臣默默地
侍立在威严可汗的两边。
宫殿里一切都寂静无声，
大家都那么毕恭毕敬，
窥视着他那阴沉的脸上
愤怒与悲哀交集的神情。
但是不可一世的君主
不耐烦地把手挥了一挥，
于是群臣纷纷躬身退去。

　他独自待在幽深的宫殿里；
可以更加自如地叹气，
冷峻的前额也更明显地

① 吉利是克里米亚汗国吉利王朝（1427—1783）汗的姓。著名的汗有始祖哈吉-吉利，缅格利-吉利，末代汗沙金-吉利等。本篇中的吉利按传说是吉利姆-吉利。

流露出内心翻腾的愤激。
港湾里缓缓翻动的海面
正是这样映出乱云的翻飞。

是什么激动着这高傲的心灵?
哪些思虑萦回在他的脑际?
要对俄罗斯重新开战,
强加给波兰自己的教义,
燃烧着血腥复仇的火焰,
发现了军队里叛乱的阴谋,
担心山民的突然袭击,
还是为热那亚的诡计发愁?

不,他厌倦了战争的光荣,
威慑的巨手已经疲倦,
远不是思考着和谁交战。

难道说后宫发生过风流事,
通过那罪恶的宫中小路,
在奴役、宠爱和幽禁中过活的
嫔妃会把心交给异教徒?

不,吉利胆小的后妃
这方面决不敢胡思乱想,
只在郁悒的静谧中含芬吐芳;
她们受到严酷的监视,

《巴赫奇萨拉伊泪泉》（铜版画）C. Ф. 卡拉克济奥诺夫 绘刻　1826 年

在毫无乐趣的寂寞中度日，
不知道什么叫做风流事。
严密监视的牢狱的阴影
笼罩着这些嫔妃的娇姹，
就像温室的玻璃禁闭着
一朵朵艳丽的阿拉伯奇葩。
多少个日子，多少个年月，
在愁闷和凄凉中一一流逝，
她们的青春，她们的爱情，
也跟着不知不觉地消失。
每天的生活都是一个样，
时光流动得这么缓慢。
后宫过着慵懒的生活，
欢乐的时刻难得闪现。
妙龄的后妃挖空心思，
想把自己的心灵蒙骗，
她们更换着华丽的服饰，
做各种游戏，或说地谈天，
或成群结伴、三三两两地
在浓密的白槭林下漫游，
有时倾听流水的声响，
有时欣赏清澈的溪流。
凶恶的太监跟随着她们，
要避开他只是白费心机：
他那妒恨的目光和耳朵
时刻都在把她们监视。

靠他的尽心竭力，建立起了
永恒的秩序。可汗的意志
对于他就是唯一的法律；
遵奉《古兰经》的神圣训诫
他没有这么不遗余力。
他的心并不寻求爱情；
对那些嘲笑、仇恨、教训、
无礼恶作剧的诸般欺凌、
蔑视、恳求、怯生生的眼神、
轻轻的叹息、含情的娇嗔，
他都木偶般麻木不仁。
他深深了解女子的脾性；
在自由或身不由己的时候，
女性的佻巧，他颇多感受：
多情的目光、含泪的嗔怪，
都不能稍稍触动他的心，
对这些他已经完全不相信。

　当幽禁在后宫的妙龄嫔妃
在暑热的时刻去喷泉沐浴，
她们披散了如云的秀发，
这时泉水的清波徐徐
从她们迷人的肌体流下，
这太监和她们形影不离，
冷漠地看着这群裸身的
美女，监视着她们的嬉戏。

在漆黑的夜里，他在深宫
无声无息地到处游转；
轻手轻脚地踩着地毯，
溜进随手打开的房门，
一张床一张床地轮流察看；
他怀着无穷无尽的疑虑，
细察后妃们所做的富贵梦，
窃听她们梦中的呓语；
呼吸、叹气、最小的颤动，
他都要一一探明究竟；
谁要是在梦中轻轻呼唤
陌生人的名字，或向知友
吐露心中罪恶的思想，
那她就免不了大难临头！

　吉利为什么满腹忧愁？
他烟管里的烟丝已燃完，
太监侍立在大门一旁，
屏住呼吸，等待他的差遣。
郁郁寡欢的君主站起来；
宫门在他面前打开。他默默
走向不久前还受宠幸的
嫔妃居住的心爱馆阁。

　一群嫔妃快乐地嬉闹着，
无忧无虑地等待着可汗，

她们坐在丝绒的地毯上，
围着欢乐喷涌的水泉，
孩子般欢欢喜喜地看着
大理石砌成的水池里面
鱼儿在清澈的水底游玩。
有人还故意对着鱼儿
往水里扔下黄金的耳环。
这时给幽禁的嫔妃们送来了
一杯杯清凉芬芳的果汁，
突然间整个后宫里处处
响起了嘹亮而欢乐的歌曲。

鞑靼人的歌

一

上天常给人降下福分，
代替眼泪和无穷的灾难：
苦行僧有福了，他朝拜了麦加，
在他景况凄凉的暮年。

二

那人有福了，他牺牲生命
去净化光荣的多瑙河沿岸：
天国的女儿会来迎接他，
热情微笑着飞到他身边。

《巴赫奇萨拉伊泪泉》 К. П. 布留洛夫 绘　1838—1849 年

三

但那人更有福，啊，莎莱玛，
谁能够在宁静和欢乐中沉醉，
在幽静的后宫抚爱你，亲爱的，
就像抚爱着一朵玫瑰。

他们歌唱着。但莎莱玛在哪里，
爱情的星辰，后宫的美女？
唉！她是那么憔悴和悲伤，
无心倾听这赞颂的歌曲；
像棕榈遭到暴风雨的蹂躏，
她把年轻的头低低垂下，
世上再没有什么值得爱：
吉利已经厌弃莎莱玛。

他变心了！……可是格鲁吉亚女郎，
你的美貌谁能够相比？
在你百合花似的前额上
盘着两圈乌黑的辫子；
你那勾人魂魄的双眸
比黑夜还黑，比白天还亮；
谁的歌喉能比你更强烈地
表达那冲动的烈火般的欲望？
谁的热烈的亲吻能比你
灼热的亲吻更加多情？
一颗只想着你的心怎能

为另一个美女而猛烈跳动?
可是自从一个波兰郡主
被他关进幽深的内宫,
冷漠而残酷无情的吉利
便看不上你美丽的姿容,
他脸色阴沉,独自一人,
苦度着夜晚寒冷的时辰。

　不久前豆蔻年华的玛丽亚
才看见这片异国的天空;
不久前她才在自己的祖国
鲜花般绽开可爱的姿容。
白发的父亲为她而骄傲,
把她视作自己的欢愉。
她那童稚天真的心愿
是老人必须遵行的法律。
他所操心的只有一件事:
要让心爱女儿的命运
像春光一样明媚瑰丽,
别让片刻的忧愁悲伤
使她的心灵蒙受郁悒,
甚至在女儿出阁以后,
也要让她欣慰地回想起
像一瞬即逝的梦幻闪过的
少女的时代、嬉戏的时日。
她身上的一切都如此迷人:

文静的脾性，端庄活泼的
举止和多情的浅蓝色眼睛。
她用精心的修饰使自己
天生的丽质焕发出光辉；
她弹起竖琴，用迷人的音乐
为家庭的饮宴平添欢愉；
达官贵人和百万富翁
成群来向玛丽亚求婚，
多少翩翩少年为了她
而饱受煎熬，暗自愁闷。
但是她心中却十分平静，
她还不知道什么是爱情，
她在父亲领有的城堡里
只把自由自在的闲暇
献给小姐妹之间的游戏。

　才有多久？哪儿的话！无数鞑靼人
像河水一样涌进了波兰：
即使是野火也不会这么快
在成熟的庄稼地里可怕地蔓延。
被战争蹂躏得满目疮痍，
繁华的疆域变成了废墟；
和平的嬉戏已不复存在，
村庄和树林变得凄凉衰颓，
豪华的城堡被洗劫一空。
玛丽亚的闺房也没有了声息……

家族教堂里，祖先的骸骨
整个儿沉浸在寒冷的梦乡，
如今又垒起了一座新冢，
饰着王冠和大公的纹章……
父亲入了土，女儿被俘虏，
贪婪的攘夺者在城堡称霸，
用他沉重的枷锁凌辱
这个满目凄凉的国家。

唉！巴赫奇萨拉伊王宫
禁闭着一个妙龄的郡主。
她在孤寂的幽禁中憔悴，
玛丽亚整天忧伤、痛哭。
吉利可怜这不幸的少女：
郡主的郁悒、眼泪和呻吟
惊扰着可汗短促的梦幻，
为了她，吉利特地把宫中
严厉冷酷的禁令放宽。
监视嫔妃的凶狠太监
无论昼夜都不许入内；
也不许他关怀备至的手
殷勤地扶她上床去安睡；
他那粗鲁无礼的目光
不敢贸然投到她身上；
她单独在隐秘的浴室入浴，
只贴身的宫娥服侍在一旁；

可汗自己也生怕惊扰
被俘少女凄清的安谧；
允许她独自一人居住在
后宫中一个偏远的宫室：
仿佛是一个天上的神女
在那僻静的仙境幽居。
那里在圣母的圣像面前
有一盏神灯昼夜点燃；
那里她保持着虔诚的信仰，
在孤寂中暗暗怀着希望，
那是她愁苦心灵的安慰，
她心中时时刻刻怀念着
亲切而又美好的故乡；
少女远离嫉妒的女友，
独自在那里伤心落泪；
这时候，她身边所有的人
都在疯狂的淫乐中沉醉，
而这为奇迹拯救的角落，
却保护着一个贞洁的圣女。
心儿虽然在谬误中牺牲，
却在罪恶的狂欢之中
保持着仅有的神圣抵押品，
保持着仅有的神圣感情……
…………

夜晚降临了。塔夫里达
快乐的田野已蒙上阴影；
远处，在月桂寂静的浓荫下
我听见夜莺婉转的歌声；
一轮明月跟着群星升起；
它从万里无云的碧空
把令人昏昏欲睡的清辉
洒下山谷、丘陵和树丛。
一些普通的鞑靼妇女
身上披着洁白的纱巾，
在巴赫奇萨拉伊大街小巷
穿梭来往，像轻飘的幽灵，
她们一个个串门寻访，
和亲友共度悠闲的黄昏。
王宫已静息，后宫已安眠，
沉浸在安谧的恬适之中；
没有什么能打破夜的宁静。
守卫的人是那么可靠，
那太监正在到处巡行。
这时他也睡了；但提心吊胆
使他不能够安然入梦。
唯恐随时会发生风流事，
使他心中得不到安宁。
他仿佛觉得哪儿在簌簌响，
哪儿在低语，哪儿在叫喊；
受到错乱听觉的作弄，

《巴赫奇萨拉伊泪泉》（铜版画） С. Ф. 卡拉克济奥诺夫 绘刻 1826 年

他惊醒过来，浑身发颤，
他竖起受惊的耳朵谛听……
可周围依然寂静一片；
只有淙淙鸣响的泉水
在大理石的宫禁里喷涌，
和可爱的玫瑰形影不离，
夜莺在黑暗中婉转歌咏；
太监又久久谛听着这声音，
才迷迷糊糊重新入了梦。

风光旖旎的东方之夜啊，
你瑰丽的夜景真叫人入迷！
夜晚的时光在徐徐流动，
先知的信徒却感到甜蜜！
在他们景色绮丽的花园里，
在安谧寂静的王宫禁苑中，
在各自的家里，都充满了柔情，
那里在溶溶的月光照耀下，
一切都那么神秘、宁静，
充满了令人迷醉的激情！
…………

嫔妃们都睡了。只一个未入眠。
她屏住气息，悄悄起了床；
向前走着；匆忙地用手
推开房门；在昏黑的夜色中

轻手轻脚地走出椒房……
白发的太监躺在她面前，
怀着警觉的心正在打盹。
啊，他的心是铁石做就：
那安详的睡态也许是骗人！……
她从一旁溜过，像个幽魂。
…………

她面前是一扇门；她犹豫不决
伸出一只手，战战兢兢，
打开那把牢固的铁锁……
走进去，惊奇地四下里打量着……
不由得心中暗暗吃惊。
一盏孤灯发出幽寂的光，
神龛被凄清的光微微照明，
圣母安详慈爱的容颜，
十字架，仁爱的神圣象征，
格鲁吉亚女郎！这一切
都唤起你心中亲切的感情，
这一切都突然依稀响起
已被淡忘的昔日的声音。
她面前郡主正静静地安睡，
天真无邪的梦在她的双颊
燃起娇艳动人的红霞，
她脸上还挂着新鲜的泪痕，
甜蜜的微笑使她容光焕发：

《巴赫奇萨拉伊泪泉》（铜版画） C. Ф. 卡拉克济奥诺夫 绘刻 1826 年

的阿拉伯风味装饰的铁门，上面有一头代替奥斯曼月亮的双头鹰。

跨过门槛，你就进入了一间巨大的前厅，踏上大理石地坪，在左边你会看见一座通往上面大厅的宽阔台阶。可是我们停留在右边，就可以看见两座很漂亮的喷泉，从墙上不断有水流到两个白色大石碗盆里：一股水对着门，另一股立刻流到左边。

为了一点不遗漏对这下面地坪的叙述，让我们来关注入口对面这堵墙左角的宽阔走廊，这道走廊径直通向一座汗家的神龛，在它的门上方写着：

谢拉米德-吉利汗，哈吉-谢里姆-吉利汗的。①

这道走廊的另一扇门从左边通往一个筑有大理石喷泉、沿墙的沙发一直摆到半间屋的厅堂。在环绕巴赫奇萨拉伊的群山暑热似火烧的季节，这个隐蔽的场所在热气灼人的时刻以它的凉爽让人感到无比舒服。第三道门通往汗的沙发间，即他的住房，国家的议会在这里召开。这里有一道门通往前厅，前厅外面即是大广场。

现在我给你描绘一下上层住房中的一个大厅，这时你就会了解所有其他彼此不同的大厅里墙上大大小小的装饰。因为建筑物的正面不是按直线建造，而是锯齿形的，所以首先你会发现，各个主要大厅都是从三个方面采光的，也即正面所有突出的墙都是开窗的。除了一扇侧面不明显的门外，大厅没有别的进出口，在锯齿形阿拉伯风格墙壁之间，沿幽暗的墙壁摆放着几口同样不引人注目的橱柜。（在一些最好的大厅里）橱柜上方，房间从里到外都装着直达天花板的玻璃，玻璃之间有雕塑

① 谢拉米德-吉利于1587—1610年执政。

装饰，例如：装满水果的彩色碗盆，栖着各种小鸟的小树。天花板像那些幽暗的墙壁一样都用细木工制作，非常美：在深红色油漆底板上装上精细的镀金格栅；在地上我看见了我在西班牙非常熟悉的用芦苇极其精巧地编织的地席，以它代替地毯铺在地砖或石块做成的地坪上。为了遮蔽从三个方向射进室内的强烈光线，除了护窗板，还在窗上装上有花纹的彩色玻璃和骑士城堡所喜欢的装饰。毫无疑问，这种装饰是十字军东征时期欧洲人从东方国家学来的。如果在结束这篇总体描绘的时候，你能想象一下沿墙铺在地上的沙发，也就是除了黑色的，从前用丝绸做成的地垫就好了；你会了解到王宫几个最好的大厅，除了三四个为叶卡捷琳娜二世女皇改装的具有欧洲风味、陈设着高沙发、圈椅和桌子的之外。最后这种装潢对于我们基督徒来说是特别珍贵的，因为在所有传播《古兰经》的国家，教徒们并不使用桌子，而使用一种低矮的圆凳，在上面放置餐具，盘腿坐在地上。

你会很容易猜到，这个建筑的旁边就是除了汗，任何人都不得进入的后宫。单独为他一人有一道连着宫殿的走廊可供联络。这部分损毁得特别严重，从前某个时候在各个小房子里有过为爱情，或者不如说是为情欲而导致的牺牲，这些牺牲者被迫受到各种折磨，这些小房子现在呈现在我们面前的都是一幅倾圮的悲惨景象。时间毁灭了这座监狱，这段决定女囚们命运的时间对于她们来说是过得极其悲惨的，她们奴隶般满足了一个人的享乐，这个人并不是她们心爱的朋友，而是残酷的主人！这对于我们是富有教益的。——在后宫旁边的广场上有一座高高的六角形凉亭，没有窗户，只有栅栏，据说，凉亭里面一些看不见的汗的后妃曾在这里观看游戏、使节的到来和另一些无耻的场面。还有人说，汗曾在这里玩赏雉鸡，还让他喜欢的女人观看。最后这件事看来只是一种想象，也就是说，公鸡和它的家庭是唯一的景象，穆斯林丈夫可以拿这景象展示给他的女奴，为多妻制进行辩护。在半弧形的凉亭和我说过的那个房间之间，在装着大理石喷泉的底座上有一个非常好看的小花坛，那上面的香桃木和玫瑰在当时足以激起鞑靼阿那克里翁①诗兴大发。

但应该是离开这把胸部堵得慌的奴役遗迹，走到干净的空气里呼吸呼吸的时候了。在大门对面，毗连山地的广场边上，有一块四层的阶地，上面有果树、长在支架上的葡萄，透明的泉水从一片阶地到另一片阶地，流到石砌的水池里。也许，从前一些穆尔扎②曾把吉利们比作巴比伦的统治者，把这阶地比作塞米拉米达空中花园；但现在这些克里米亚的奇迹已现出一片荒凉的景象，就像塔夫里达所有的古迹一样。最可惜的是这里那些极珍贵的珍宝和泉水，许多水管都堵塞了，一些泉水完全消失了。

广场外面，清真寺后面是汗和吉利世袭苏丹的坟地。他们的遗骸长眠在白色大理石陵墓下面，上面有高大的白杨、胡桃木和桑树为他们遮阴。这里入葬着缅格利③和他的父亲，克里米亚汗国的创立者。所有的古迹上面都有铭文……

在搁下这无法唤醒的梦的尘世痛苦之前，我从这里先带你去看看上面花园般阶地左边的一座小山丘，那上面竖立着一座

---

① 阿那克里翁（约前570—前487），古希腊宫廷诗人，作品多歌颂饮酒和爱情。

② 穆尔扎，15世纪鞑靼国家封建贵族的称号。

③ 缅格利-吉利（？—1515），克里米亚汗国的汗。

带有圆顶的建筑物：这是一个格鲁吉亚美女、吉利姆-吉利汗妻子的陵墓。这个新的扎伊拉曾经以她妩媚可爱的魅力对那在这里唯命是从的人发号施令。但这种情况没有持续多久：在她生命的清晨那天堂般的姿色便凋萎了，于是那悲伤至极的吉利姆便建造了这座心爱的纪念堂，以便每天进去对这难忘的遗骸洒泪以自慰。我也想向这美女的陵墓鞠躬悼念，但已无门可入，因为门已紧紧关闭。非常奇怪，这里的居民一直认为，这个美女并非格鲁吉亚人，而是波兰人，也就是说这是吉利姆-吉利掳来的某一个波托茨卡娅[①]。我越是和他们争论，越是不能说服他们，我认为这个传说是没有任何历史根据的，因为在十八世纪下半叶鞑靼人已不可能轻易虏来波兰人，我说的这些理由都没有用，他们坚持认为，这个美女是波托茨卡娅，而我无法找到别的理由坚持我的意见，除非我接受他们那喜爱而真实的想法，即女性之美非波托茨基家族莫属。

二、 一封信的片断[②]

我们乘船从亚洲转赴欧洲。[③]我立刻动身到所谓的米特里达特塞（一座塔的遗址）去；我在那里采了一朵花作纪念，第二天就掉了，但我毫不可惜。潘提卡别亚的遗址没有给我留下多少强烈的印象。我看见了街道的痕迹、长着杂草的壕沟、一堆旧砖头，如此而已。从费奥多西亚到尤尔祖夫，我是乘船去的。

---

① 波托茨基是波兰人的姓。波托茨卡娅为该家族的女性。
② 这一段 1820 年去克里米亚的描述是 1824 年 12 月普希金为杰尔维格的丛刊《北方之花》写作的，1830 年长诗印行第三版时作为附录发表。
③ 从塔曼到刻赤。

我彻夜未眠；没有月亮；星光灿烂；连绵不绝的南国群山朦朦胧胧展现在我面前……“这就是契迪尔达格。”船长对我说。我没有看清楚，再说，也不欣赏。拂晓前我睡着了。这时轮船在尤尔祖夫附近停泊了。我醒过来，看见一派绮丽的景色：五彩缤纷的群山十分耀眼；鞑靼人房舍的平屋顶远远看去像粘在山上的蜂房，一株株白杨像绿色纵队整齐地耸立在房舍之间；右边是雄伟的阿龙-达格悬崖……周围是蔚蓝明净的天空，波光潋滟的大海，闪光和南方的空气……

在尤尔祖夫我深居简出，在海里游游泳，饱餐着葡萄；我立即习惯了南方的大自然，并以那不勒斯的*无业游民*[①]那种冷漠和无忧无虑的心情从中充分享受它的乐趣。夜里醒来，我喜欢听大海的涛声，并且一连欣赏几个小时。离门口两步远的地方长着一棵小小的柏树，每天早晨，我都要去看看它，对它产生了一种类似友谊的依恋之情。这就是尤尔祖夫之行留给我的全部记忆。

我跑遍了南方的海岸，M[②]的旅行记使我清清楚楚地想起许多往事。但他可怕地翻越基凯涅伊斯悬崖的事在我的脑子里却没有留下一丁点儿痕迹。我们抓住鞑靼马的尾巴徒步登上山梯。这使我感到非常快乐，仿佛在履行某种神秘的东方礼仪。我们翻越了几座山，首先使我感到惊奇的是看到了白桦，北方的白桦！我的心紧缩起来：我怀念起可爱的南方来了，虽然我还在塔夫里达，还看见白杨和葡萄藤。格奥尔基修道院和它那通到大海的陡峭山梯给我留下强烈印象。在这里我还看见传说

---

① 原文为法语。
② M指伊·马·穆拉维约夫-阿波斯托尔。

中的狄安娜神庙的遗址。显然，神话传说比历史回忆更使我喜欢，至少，它给了我写诗的灵感。

我在病中来到巴赫奇萨拉伊。以前我就听说过痴心的可汗建立一座古怪的纪念物的事。K**①满怀诗情地给我描写过它，称它为泪泉②。走进宫殿，我看见一座倾圮的喷泉；水从一根生锈的铁管子里一滴滴地流出来。我在宫殿里走了一遍，对由于缺乏照料致使宫殿破败和某些宫室的半欧洲式建筑感到极为不满。И. И. 几乎强拉着我顺着腐朽的梯子去看后宫的遗址和可汗的陵墓：

但那个时候
我心中并没有这样感伤：

我在发高烧。

至于M提到的可汗为所爱少女建造的纪念物，我在写长诗的时候并没有想起，否则我一定会加以利用。

---

① 苏联列·格罗斯曼在其所著《普希金传》中认为K**即普希金1818—1820年在彼得堡爱恋过的索菲亚·波托茨卡娅。她后来嫁给Л. 基谢廖夫将军，改姓基谢廖娃。故姓氏以字母K开头。

② 原文为法语。

茨冈人

1824

　一群茨冈人有说有笑，
在比萨拉比亚到处流浪。
他们搭起破烂的帐篷，
今天过夜就在小河旁。
多自由自在，在露天底下，
宿夜既快乐，睡梦也安详；
大车上半挂着一张张毡子，
就在大车的轱辘近旁
点起了篝火；一家人围着它
烧起了晚饭；荒凉的野地
牧放着马匹；驯熟的狗熊
自由地躺在帐篷处歇息；
草原上一片热闹的情景：
家家户户安乐地忙碌，
准备明早赶一段路程，
女人在歌唱，孩子在欢叫，
活动铁匠铺响起了丁当声。
可是睡梦的沉静终于

降临流浪的茨冈人当中，
万籁俱寂的草原上只听见
狗的吠叫声和马匹的嘶鸣。
所有的火光都已经熄灭，
万物都安息了，唯有月亮
还在高远的天空上面
给静悄悄的茨冈人洒下微光。
一座帐篷里有个老人
还没睡，他坐在炭火前面，
靠将尽的热气暖着身子，
两眼望着远处的田野——
那里薄薄的夜雾在弥漫。
老人有个年轻的女儿，
自个儿到荒凉的田野上去游玩，
她已习惯于放浪不羁，
她会回来的，可天色已晚，
一会儿月亮也会离开
远方天空的云朵而去，
老人简单的晚饭要冷了，
可真菲拉却还不见踪迹。

瞧她回来了；她后面跟着个
从草原上匆匆走来的青年，
茨冈老人可从来没见过。
“我的父亲哪，”少女说道，
“我带来一个客人；旷野上，

《茨冈人》 И. Т. 伯格杰斯科 绘　1957 年

小山的后面我把他发现，
为宿夜我带他来到咱营帐。
衙门里正在把他追捕，
可是我要做他的女伴当。
他的名字叫做亚历克——
他愿意跟我到处去流浪。”

老　人

我很高兴。你就待到天亮，
在我们的帐篷里住上一宵，
你也可以在这里留下来，
只要你愿意。我可以和你
有饭同吃，在一个帐篷里睡觉。
你将成为我们的人，可要习惯
我们的命运、流浪的穷困
和自由的习性；明天一大早
我们就同乘一辆车动身；
你得学会干一门营生：
打铁，要不就唱唱歌谣，
也可以到村子里去耍狗熊。

亚历克

我决定留下。

真菲拉

　　　　　他是我的人——
谁敢从我身边赶走他?
可是时候不早了……月牙儿
下了山；田野上一片昏暗，
梦神已经向我招手啦……

天亮了。在沉静的帐篷四周
老人轻手轻脚地走了走。
“起来吧，真菲拉：太阳升起了。
醒醒吧，我的客人！该起床啦！
孩子们，快快离开安乐窝！……”
人们一起涌了出来，好不嘈杂，
帐篷拆掉了，大车一辆辆
装载好，准备重新登程。
大家都一起动身——瞧呀，
空旷的平原上一片乱哄哄。
驴背上横挎着两个大篮子，
里面坐着玩耍的儿童，
丈夫、兄弟、老婆和姑娘，
老小一家子都跟着走动。
叫喊、喧闹、茨冈人的小调、
狗熊的吼叫、它那铁链
发出的阵阵不耐烦的哐啷声、
五光十色的破衣烂衫、

光着身子的孩童和老人、
风笛的怨诉、马车的呻唤、
看家狗此起彼落的吠叫，
全显得贫寒、野蛮、杂乱，
可又那么生气勃勃和紧张，
不同于我们死气沉沉的安逸，
不同于我们无聊的生活——
它像奴隶的歌一样平淡无奇！

《茨冈人》 И. Т. 伯格杰斯科 绘 1957 年

青年满腹惆怅地望着
眼前空旷荒凉的原野，
心中愁闷的秘密缘由
他都不敢向自己分解。
黑眼睛的真菲拉和他在一起，
他已是这世界的自由居民，
太阳欢乐地在头上照耀，
正午的阳光多美艳动人；
青年的心儿为什么颤抖？
什么心事使他如此难受？

上帝创造的鸟儿不知道
忧愁，也不知道劳作；
它不用忙碌去筑一个
可以住上一辈子的草窝；
长夜里它在枝头打个盹；
通红的太阳升起来了，
小鸟儿听着上帝的声音，

拍拍翅膀张口唱支歌。
景色优美的春天过后，
炎热的夏天也会过去，
那时候晚秋将会带来
茫茫大雾和连绵的秋雨：
人们多烦闷，人们多难过；
鸟儿可飞到了遥远的南方，
温暖的地带，大海的彼岸，
直到春天才飞回家乡。

像只无忧无虑的小鸟，
这逐客总是飘泊不定，
没有一个固定的住所，
无论做什么，他都难适应。
他随心所欲，到处流浪，
哪里都有他宿夜的地方，
早晨醒来，又开始一天的浪游，
去哪儿，可没有一定的方向，
他已看破红尘，生活的忧烦
并不能使他感到慌张。
像远方的星辰，诱人的声名
有时会频频向他招引；
奢侈的生活、欢乐的嬉戏，
有时也突然为他降临；
在他这孤零零的浪子头上，
不时响起滚滚的惊雷，

可不管是雷雨还是晴天，
他都无忧无虑地安睡。
他就这样过日子，不理会
命运是多么奸诈和无理——
可是上帝！在他顺从的心中
情思是如何地翻腾不已！
在他饱受痛苦的胸间，
它又是如何波澜迭起！
它能否长久地保持平静？
瞧吧，有朝一日它会苏醒！

真菲拉

告诉我，朋友，难道你不惋惜
那些永远抛弃的东西？

亚历克

我抛弃了什么？

真菲拉

你自己明白：
祖国的人民，还有城市。

亚历克

有什么好惋惜？你真不知道，
你真无法想象，那城市

多么不自由，又多么憋气！
关在围墙里，成群的人们
吸不到早晨的新鲜空气，
闻不到草原上春天的气息；
羞于谈情说爱，还压制思想，
拿自己的自由去做交易，
在偶像面前顶礼膜拜，
求的是金钱，求的是奴役。
我抛弃了什么？对负义的愤懑、
群俗疯狂的迫害与诋诬、
带着先入之见的评断，
或者是上流社会的耻辱。

真菲拉

　　可是那里有雄伟的宫殿，
那里有色彩斑斓的地毯，
有各种娱乐、热闹的酒宴，
姑娘的打扮富丽而鲜艳！……

亚历克

　　城里热闹的娱乐算什么？
那里没有爱，也没有欢乐。
而姑娘……你没有富丽的衣装，
没有珠宝，也没有项链，

和她们相比，却要美得多！
你不能变心，我亲爱的朋友，
而我啊……只有一个愿望，
和你共享爱情和悠闲，
共享这心甘情愿的流放！

老　人

你虽然生于富裕的民族，
倒还喜欢我们这些人，
但自由往往不那么舒服，
对于那享惯了舒适的人们。
我们这里有一个传说：
从前有个南方人被皇帝
流放到我们这个地方
（他的名字听来很古怪，
我从前知道，现在已忘记[①]）。
他已年老，上了点岁数，
但心地善良，显得很年轻，
他有着唱歌的奇妙天才，
那声音像流水一般动听。
大家一下子就喜欢上他，
他就在多瑙河边定居，

① 此处指古罗马诗人奥维德，他因触犯奥古斯都大帝，被流放到黑海托米斯地区，死于该地。

他从不欺侮任何一个人，
他讲的故事使大家入了迷；
他老实巴交，什么也不懂，
像孩子那样软弱和害怕，
一些素不相识的人常常
为他捕捉野味和鱼虾；
每当湍急的河流结了冰，
冬天的狂风漫天呼啸，
人们就用毛茸茸的毛皮
裹住这位虔诚的老头；
但是他始终习惯不了
这贫寒生活的种种愁苦；
他消瘦，苍白，到处流浪，
他说，这是上帝在发怒，
惩罚他，为了他犯下的罪过……
他在等待上天的饶恕。
不幸的老人总那么忧伤，
在多瑙河两岸来回流浪，
心中怀念遥远的故城，
痛苦的泪水日夜流淌，
弥留之际他留下遗言，
让人们把他思乡的尸身
运回他那南方的故土，
他死了，在这异乡的土地，
会成为不得安息的游魂！

亚历克

啊，罗马，赫赫有名的古国，
这就是你的子孙的运命！……
爱情的歌者，诸神的歌者，
告诉我，什么叫做声名？
死后的喧闹，赞美的歌咏，
代代相传的颂扬的话语？
还是烟雾腾腾的帐篷下
没文化的茨冈人讲的故事？

两年过去了。这一群和气的
茨冈人依旧到处流浪；
他们仍受到盛情的款待，
到处有安静休息的地方。
亚历克不理会文明的枷锁，
和他们一样逍遥自在；
他没有忧虑，也无所惋惜，
每天漂流游荡在野外。
他依旧是他，家依旧是家，
往昔的岁月他已很淡漠，
他已经习惯茨冈人的生活。
他喜欢他们宿夜的帐篷，
满足于生活的慵懒散漫，
也喜欢那贫乏而响亮的语言。
狗熊跑出了它的老窝，
成了帐篷里毛茸茸的客人，
在村子里，在草原的大道上，
在摩尔达维亚人的院子附近，

在提心吊胆的人群面前，
它笨拙地跳舞、呜呜地吼叫，
把那讨厌的铁链咬紧；
老人家拄着走路用的手杖，
懒懒地把手中的铃鼓敲响，
亚历克边唱边要着狗熊，
真菲拉走到乡亲们面前，
收取他们扔给的奖赏。
夜晚来临了；他们三个人
煮着田里采来的黍米；
老人家睡着了……一切都安静，
帐篷里一片黑暗和沉寂。

老头儿晒着春天的太阳，
他的身子简直快要冻坏；
女儿在摇篮旁唱着情歌，
亚历克边听边脸色发白。

真菲拉

年老的男人，凶狠的男人，
烧死我吧，杀掉我吧：
我已经铁了心，
不怕火烧也不怕刀剐。

我恨你呀，
我看不上你啦；
我爱上了别人，
就是死了也爱他。

亚历克

别唱了。你唱得我好心烦，
我不喜欢这粗野的歌曲。

真菲拉

不喜欢？这和我有何相干！
我唱歌全是为了自己。

烧死我吧，杀掉我吧；
我什么也不说啊；
年老的男人，凶狠的男人，
你不会认出他。

他比春天还鲜艳，
他比夏天还热火；
他多年轻和勇敢！
瞧他是多么爱我！

在寂静的深夜，
我对他多亲热！
提起你的白头发呀，
我们一起笑呵呵！

亚历克

别唱了，真菲拉！我听够了……

真菲拉

这么说，你听懂了我的歌曲？

亚历克

真菲拉！

真菲拉

你有生气的自由，
我这支歌唱的就是你。
(唱着“年老的男人……”下)

老　人

是啊，我记得，我记得，这支歌
在我年轻的时候就有了，
那时候，它在人群中流行，
大家唱着它是为了取乐。
当年在卡古尔草原流浪，
冬天的夜晚，我那玛丽乌拉

就常常坐在篝火的对面，
手摇着女儿，独自唱着它。
往日的情景在我的脑子里
已一天比一天淡薄下去；
但是这支歌曲却深深地
印在我的心中不会忘记。

万籁俱寂；夜晚。一轮明月
点缀着南方蔚蓝的天涯。
真菲拉把年老的父亲唤起：
“啊，我的爹！亚历克真可怕。
你听：噩梦在把他惊扰，
他又是呻吟又是哭叫。”

老　人

别去惊动他，也不要出声。
我听到俄国人说过这样的话：
眼下，在这深更半夜里，
家神会跑出来作弄人家，
把睡觉的人压得透不过气，
天亮前才走掉。你在我身旁坐下。

真菲拉

我的爹，他嘴里念着真菲拉！

老　人

他在梦中也在找着你：
你对他比世界还要宝贵。

真菲拉

他的爱已经使我厌烦。
我感到寂寞，心儿要求自由——
我已经……别作声！你听见了吗？
他在把另一个名字呼唤……

老　人

谁的名字？

真菲拉

听见了吗？沙哑的呻吟，
拼命地咬牙！……多么可怕！……
我去叫醒他……

老　人

没有必要，
夜游的神灵，别去赶走他——

他自己会走掉……

真菲拉

他翻了个身，
欠起身来，在叫我……他醒了——
我到他那儿去——再见，你睡吧。

亚历克

你刚才在哪儿？

真菲拉

跟父亲坐坐：
有个神灵在把你折磨；
你的灵魂在睡梦中受苦；
你呀，着实把我吓坏了：
睡梦中，你还拼命地咬牙，
嘴里唤着我。

亚历克

我梦见了你。
我梦见，好像我们之间……
这噩梦，真叫我不寒而栗！

真菲拉

别相信那些骗人的梦境。

亚历克

啊，我什么也不会相信：
无论是梦，是信誓旦旦的甜蜜，
我甚至不会相信你的心。

老　人

你这傻里傻气的年轻人，
为什么老是短叹长吁，
人们很自由，天空也晴朗，
女人很漂亮，远近有名气，
不要哭：忧愁对身体有害。

亚历克

爹爹啊，她要把我抛弃。

老　人

别伤心，朋友，她是个孩子。

你这样难过真是多余：
你爱得那样痛苦和艰难，
可女人只是逢场作戏。
你瞧，在那远方的天穹，
一轮明月在自由地游玩；
顺便把自己淡淡的光辉
平均地洒向整个大自然。
它选中任何一朵白云，
就把它照得千娇百媚，
你看，它又游向另一朵，
在那儿也不会久久地沉醉。
谁能够在天上指定个地方，
告诉它，就永远停留在那边？
谁能够对少女的心儿说：
爱一个，可不能见异思迁？
别伤心。

亚历克

　　　　以前她多么爱我！
在那悄无声息的荒漠，
她那么多情地依偎着我，
和我共度夜晚的时刻！
她天真无邪，快快活活，
常常用她喁喁的情话，
或者是使人陶醉的亲吻，

转眼之间就能够驱走
我心头郁积已久的忧闷！……
可是现在呢？真菲拉不忠诚？
我的真菲拉对我冷了心！……

老　人

你听听：让我向你叙说
自己一段往事的始末。
很久很久以前，那时候
莫斯科人尚未威胁多瑙河
（你瞧，亚历克，一件伤心事
这会儿又涌上我的心窝），
当时我们怕的是苏丹王；
土耳其帕夏坐在阿克尔曼
高高的塔楼上统治布扎克——
那时候我还年轻，我的心
沸腾着青春时代的欢乐，
在我一头鬈曲的头发里，
一根白头发你也找不着——
在许多年轻的美人儿当中
有一个……在好长一段时间
我把她看作天上的太阳，
她终于成了我的女伴……

啊，我的青春过得多么快，

就像颗流星，闪了一闪！
可是你啊，恩爱的时刻
过得还要快，玛丽乌拉，
她爱我，只有那么一年。

有一回，在卡古尔河边上，
我们遇到另一帮茨冈人；
他们就在山坡的近旁
搭起了帐篷，紧靠着我们，
我们在一起住宿了两夜。
第三天他们离开了山坡，
玛丽乌拉把幼小的女儿
扔下，跟着这帮人走了。
我睡得很安稳，天刚拂晓，
我醒过来，不见了相好！
我又找又叫——可没了踪影……
真菲拉找妈妈，又哭又闹，
我也哭了一场，从此以后
我厌倦了世上所有的女郎；
我的眼睛就此不再从
她们当中选一个新娘——
我也没有和任何一个人
共度这孤寂的闲暇时光。

亚历克

可你为什么不立即追上
这个忘恩负义的女人
和那帮强盗，用你的匕首
刺进这奸恶女人的心？

老　人

何必呢？青春比飞鸟还自由；
谁能够留住别人的爱情？
快乐让大家轮流去享受；
过去的事不会重新发生。

亚历克

我可不是这样的人。不用争论，
我决不放弃自己的权利！
至少复仇是一种乐事。
哦，是的！假如我在大海边
发现一个酣睡的仇敌，
我敢发誓，这时候我的脚
决不放过那可恨的泼皮；
我会面不改色，把这个
没有防备的家伙踢进大海里；
对他惊醒时的丧魂落魄，

我用狂笑来加以嘲弄，
对他掉进大海时的轰隆声，
我将感到好笑和高兴。

年青的茨冈人

再亲一下……再亲个嘴吧……

真菲拉

该回去了：我的男人嫉妒又凶狠。

茨冈人

亲一下……要长一点！……为了分别。

真菲拉

再见吧，趁他没有来找寻。

茨冈人

告诉我——什么时候再相见？

真菲拉

今天，等月亮下山以后，
在古墓那边坟堆的上面……

茨冈人

她在骗我！到时候不会来的！

真菲拉

他来了！快跑！……亲爱的，我会来的。

亚历克睡着：朦胧的梦幻
一幕幕演变在他的脑海；
黑暗中他喊叫着突然惊醒，
充满了妒意，伸出手来；
但那只唯恐出事的手
抓到的被单却冰冷冰冷——
他的女伴不知哪里去了……
他颤栗着欠起身侧耳倾听……
一片寂静，他感到恐惧——
身上不由得一阵热一阵冷，
他爬起来，走出了帐篷，
怒冲冲转悠在马车四近；
万物在沉睡，田野无声息，
漆黑一片，月亮隐入云雾里，
闪烁的星光在微微发亮，
露珠上隐约可见一道足迹，
通向远处高高的墓地：
他急不可耐地向前奔走，

不祥的足迹正通向那里。

在他前面远远的地方，
有一座微微发白的古墓……
他勉强挪动无力的双腿，
内心为不祥的预感而痛苦——
颤抖着双唇，颤抖着两膝，
他走着……突然……这难道是梦？
他看见近处有两个人影，
听见受到亵渎的古墓上
传来很近的悄悄的谈话声。

第一个声音

该走了……

第二个声音

等一等……

第一个声音

该走了，亲爱的。

第二个声音

不，不，等一等，等到拂晓。

第一个声音

已经很晚了。

第二个声音

　　　　　　你爱得多么胆小。

再等一会儿!

第一个声音

　　　　　　你会毁了我。

第二个声音

再等一会儿!

第一个声音

　　　　　　要是我不在,

丈夫醒来怎么办？……

亚历克

　　　　　　　　　　我醒来了。

你们哪里逃！两个人别着忙；

在坟墓这里你们可舒服了。

真菲拉

亲爱的，快跑，快跑……

亚历克

站住！

你往哪里跑，漂亮的小伙子？

躺下吧——

（一刀向他刺去）

真菲拉

亚历克！

茨冈人

我要死了……

真菲拉

亚历克，你会杀死他的！

你瞧：你身上溅满鲜血啦！

啊，瞧你干的什么？

亚历克

　　　　　没事儿。
现在你去享受他的爱吧。

真菲拉

　不，够了，我不怕你，我不怕！
对你的威胁我只有蔑视，
对你的凶杀我只有诅咒……

亚历克

你也死了吧！
（用刀刺她）

真菲拉

　　　　我为爱他而死……

朝霞闪耀着光彩，东方
发亮了，亚历克还在小山旁，
手里握着刀，身上沾满血，
一个人呆呆地坐在墓碑上。
他面前横着两具尸体；
凶手的脸色真是可怕。
一群惊惶不安的茨冈人，
战战兢兢地围住了他。
人们在一旁挖着坟坑。
悲伤的女人一个个走过去
亲吻两个死者的眼睛。
只有老父亲一个人坐着，
默默地怀着巨大的悲痛，
呆呆地望着死去的女儿；
人们抬起了两具尸体，
把这对正当青春的情人
放进大地寒冷的怀抱里。
亚历克远远瞧着这一切……

人们撒下最后一抔土，
把这对情人的尸骨埋葬，
这时他默默地慢慢低下头，
从墓碑一头栽倒在草地上。

这时老人走过来对他说：
“离开我们吧，骄傲的人哪。
我们是野蛮人：没有律法。
我们不难为你，也不惩罚你——
我们不需要鲜血和呻吟，——
但不愿和凶手生活在一起……
你生来不是野蛮人的命，
你要的只是自己的自由；
你的声音我们不喜欢听——
我们心地善良而胆小，
你凶恶而大胆，快离开我们，
再见，祝愿你得到安宁。”

说完，这些流浪的茨冈人
又吵吵嚷嚷，成群结队，
离开了可怕的夜宿的谷地。
一会儿，他们在草原的远处
失去了踪迹；只有一辆大车
挂着破破烂烂的毡子，
停在这劫数难逃的荒漠。
就像在冬天来临的时候，

正当迷雾中晨光熹微，
一群尚未飞走的野鹤
从荒凉的野地振翅高飞，
鸣叫着飞往遥远的南方，
有一只没飞走，情状凄怆，
它被致命的子弹打中，
受伤的翅膀挂在一旁。
夜晚来临了：在漆黑的大车里，
没有一个人升起火堆，
在高高支起的帐幕下边，
也没有人到天亮还在安睡。

尾　声

由于诗歌的神奇力量，
我朦胧的记忆中常清晰地浮现
往昔的幻影，那些日子
时而是欢乐，时而是悲惨。

有一个国家，在那里，战争的
枪炮声还久久没有平静，
在那里，俄国人给伊斯坦布尔
强行把两国的边界划定，
在那里，我们古老的双头鹰
还在聒噪着昔日的光荣，
就在这古代军营的遗址，
在这片草原中间，我遇上
温顺而自由的民族的子孙——
与世无争的茨冈人的车辆。
跟着他们这慵懒的人群，
我常在荒凉的原野上流浪，
和他们分食着简单的饭菜，

安睡在他们生起的火堆旁。
在缓缓行进的旅途中我喜欢
他们欢乐而粗犷的歌曲，
我也久久反复念叨着
可爱的玛丽乌拉好听的名字。

　但是大自然可怜的子孙，
你们中间并没有幸福！……
在破破烂烂的帐篷底下，
你们的梦境都那么痛苦。
你们那浪迹天涯的帐篷，
在荒漠中也难以抵挡灾难，
到处有命中注定的情欲，
谁也逃不出命运的谋算。

题 解

鲁斯兰和柳德米拉

叙事诗《鲁斯兰和柳德米拉》是普希金一八一七年还在皇村学校读书时开始写作的，完成于一八二〇年三月二十六日，于同年发表。尾声完成于一八二〇年七月二十六日，当时普希金已流放于高加索。引子写于一八二五至一八二六年，当时普希金在米海洛夫村。引子首次发表于本诗的第二版（1828）。

高加索俘虏

本诗于一八二〇年八月开始写作，完成于一八二一年初，尾声注明：一八二一年五月十五日写于敖德萨。

第一版和第二版（1822 和 1828）《高加索俘虏》是献给小尼·尼·拉耶夫斯基的。普希金曾和拉耶夫斯基一家在高加索和克里米亚度过流放的最初岁月。

加百列之歌

长诗完成于一八二一年四月。原稿未保存下来，现有诗文是根据抄本整理的。在普希金的原稿中只留下简短的提纲：“圣灵召见加百列，对他叙说自己的爱恋，令他从中撮合。加百列堕入情网。撒旦和马利亚。”提纲注明的日期是四月六日。

《加百列之歌》模仿福音书中“向童贞女马利亚报喜”的故事和亚当与夏娃违背主命的《圣经》传说，曾以手抄本广为流传。一八二八年有一份手抄本落入沙皇当局手中，引起对普希金的传讯。在传讯中普希金否认自己作过此诗。后来沙皇尼古拉一世得知传讯的结果，命令重新讯问普希金，普希金直接写了一封信给沙皇并收到回信。这些信件未保存下来。但据沙皇警察厅厅长戈里曾说，普希金在信中承认此诗是他所作。此次审讯开始于一八二八年六月，结束于同年十二月三十一日。尼古拉一世在批语中说：“朕已得知此事详情，此案可告结束。”

瓦吉姆

本诗写于一八二一至一八二二年，未完成。片断于一八二七年发表于《祖国缪斯文献》和《莫斯科导报》第十七期。

长诗（或悲剧）还保留着一个简短的提纲：

晚上，俄罗斯河岸——大船——渔夫——瓦吉姆——未睡觉——早晨他睡着了——渔夫想杀害他——瓦吉姆梦见诺夫哥罗德，戈斯托梅斯尔的袭击——留里克和罗格尼奥达——重新乘上大船——驶向诺夫哥罗德——（涅瓦河）。

戈斯托梅斯尔的陵墓——他在那里找到朋友：悲剧的第一场——阴谋家聚集在一起——发誓为诺夫哥罗德的自由而死。追悼。仪式，瓦吉姆和罗格尼奥达的约会。

婚宴。留里克把女儿嫁给斯捷米德——精明的统帅——宾客入座，桌布——新娘看见——瓦吉姆在宾客中。

为留里克、兄弟们、新郎和新娘、瓦蓝人干杯；——瓦吉姆不喝——为什么。

为忠实的公民和诺夫哥罗德市民干杯。

强盗兄弟

这是普希金于一八二一至一八二二年写作的一首大型长诗的片断，长诗后来被焚毁。关于长诗情节的来源，普希金于一八二三年十一月十一日在给维亚泽姆斯基的信中写道："一件真实的事情促使我写出这个片断。一八二〇年我在叶卡德林诺斯拉夫时，两个连锁的强盗游过第聂伯河逃脱了，他们在沙洲上休息，一个看守在河中溺毙的事不是我凭空想象出来的。"

长诗保存下来的提纲草稿：

一

摩尔达维亚之歌

我们是兄弟俩，我们一起生长，
贫困中我们度过了可怜的青春……
但我们心中充满贪求的欲望，
于是第一次一起出门去剪径。

明亮的月光下山冈闪耀着银辉，
胆小的商人骑着马向前疾驰，
我们追上他……
鲜血第一次把我们的匕首冲洗。

后来……我们习惯了杀人放火，
周围所有的村庄都惊慌失措。

二

漆黑的夜晚，伏尔加河上，
闪现一片惨白的帆影，
马衔在船尾上熠熠闪亮，
顺路的风轻轻地吹动。
船桨不动了，船舵也入睡，
勇敢的伙伴在河中泅渡，
站着……哥萨克军大尉
…………唱歌…………

巴赫奇萨拉伊泪泉

叙事诗于一八二一年春开始写作，主要部分完成于一八二二年，一八二三年秋润色修改完毕。从普希金给弟弟（一八二三年八月二十五日）和别斯土舍夫（一八二四年二月八日和六月二十九日）的信中我们可以了解到写作此诗的情况。一八三〇年此诗出版第三版时收入《一封信的片断》作为附录。

茨冈人

叙事诗开始写作于一八二四年一月，于同年十月十日完成。一八二七年首次发表。

...Быть может, уж недолго мне
В изгнаньи мирном оставаться.

...Быть может, уж недолго мне
В изгнаньи мирном оставаться.

...И забываю мир – и в сладкой тишине
Я сладко усыплен моим воображеньем
И пробуждается поэзия во мне.